Princesas
E DAMAS ENCANTADAS

Contos de fadas
• CELTAS •

PRINCESAS
E DAMAS ENCANTADAS

Tradução:
VILMA MARIA DA SILVA
E INÊS A. LOHBAUER

A ORTOGRAFIA DESTE LIVRO FOI ATUALIZADA SEGUNDO O
ACORDO ORTOGRÁFICO DA LÍNGUA PORTUGUESA DE 1990,
QUE PASSOU A VIGORAR EM 2009.

© *Copyright* desta tradução: Landy Editora Ltda., 2005.
Direitos cedidos à Editora Martin Claret Ltda.
para publicação em formato *pocket*, 2011.
Título original: *Celtic fairy tales* e *More celtic fairy tales*.

CONSELHO EDITORIAL
Martin Claret

PRODUÇÃO EDITORIAL
Taís Gasparetti

CAPA
Ilustração: Liliya Kulianionak / Shutterstock

MIOLO
Tradução: Vilma Maria da Silva e Inês A. Lohbauer
Ilustração: Alexandre Camanho / Shutterstock
Revisão: Alexander Barutti A. Siqueira /
Maria Regina Ribeiro Machado / Taís Gasparetti
Projeto Gráfico: José Duarte T. de Castro
Editoração Eletrônica: Editora Martin Claret
Impressão e Acabamento: Renovagraf

Dados Internacionais de Catalogação na Publicação (CIP)
(Câmara Brasileira do Livro, SP, Brasil)

Jacobs, Joseph
  Princesas e damas encantadas / Joseph Jacobs; [tradução Vilma Maria da Silva e Inês A. Lohbauer]. — São Paulo: Martin Claret, 2011. — (Coleção contos de fadas celtas; 1)

Título original : Celtic fairy tales e More celtic fairy tales.
"Texto integral"
ISBN 978-85-7232-827-2

1. Contos de fadas - Grã-Bretanha 2. Celtas - Folclore 3. Folclore - Grã-Bretanha I. Título. II. Série.

11-09204   CDD-398.2

Índices para catálogo sistemático:

1. Contos de fadas celtas: Folclore   398.2

EDITORA MARTIN CLARET LTDA.
Rua Alegrete, 62 – Bairro Sumaré – CEP: 01254-010 – São Paulo – SP
Tel.: (11) 3672-8144
www.martinclaret.com.br
3ª reimpressão - 2021

Sumário

Por que ler contos de fadas 7

Princesas e damas encantadas

Árvore de Ouro e Árvore de Prata 15
Justa, Morena e Trêmula 21
Cabeça-Pequena e os filhos do rei 35
A história de Deirdre 59
Guleesh 79
O pastor de Myddvai 101
Connla e a donzela encantada 107
A princesa grega e o jovem jardineiro 111

POR QUE LER CONTOS DE FADAS

Que é a literatura senão experiências humanas transformadas em linguagem?

NELLY NOVAES COELHO

istórias milenares contadas e recontadas por inúmeras gerações, os contos de fadas continuam presentes na atualidade. E não apenas nos livros, como também no teatro, na televisão e no cinema.

Nas últimas décadas, além dos contos mais famosos, reinventados pelos estúdios Disney em animações que ficaram marcadas no imaginário de crianças e adultos do mundo inteiro, as histórias infantojuvenis mais populares e emocionantes de nossa época buscam ainda nos tradicionais contos de fadas sua fonte de inspiração.

Exemplo disso são as histórias de *Harry Potter*, verdadeiros *best-sellers*. Numa narrativa dinâmica e atual, a inglesa J. K. Rowling resgatou elementos míticos e arquetípicos para criar um universo pleno de magia. Nele, misturam-se bruxos, gigantes, dragões e seres fantásticos de todos os tipos.

Outro exemplo, desta vez no cinema, é *Shrek*, a animação dirigida por Andrew Adamson e Vicky Jenson, ganhadora do Oscar de melhor filme de animação em 2001. *Shrek* foi — e ainda é — um sucesso tão grande que, após o primeiro filme, teve três continuações, e a quarta está prevista para 2013. Nessa história cheia de tiradas irônicas e contemporâneas, transitam ogros, princesas, príncipes, fadas, bruxas, entre outros. Enfim, seres presentes no folclore dos mais diversos povos, transmitido de geração em geração pela tradição oral.

Mas afinal, com tantas diferenças entre o homem do século XXI e o homem medieval, por exemplo, em seu modo de viver e de conceber o mundo, como esses seres, criados há tantos séculos, podem ser considerados atuais e continuar a ser alimentados pela nossa imaginação?

O psicanalista suíço Carl Gustav Jung parece ter uma explicação para isso. Para ele, nosso inconsciente está repleto de arquétipos, que seriam "imagens primordiais", visões formadas por meio de experiências milenares que apresentam significados próprios e interagem com a nossa vida consciente e inconsciente, influenciando nosso modo de sentir, pensar e agir.

De acordo com Jung, são os diversos arquétipos que constituem o que ele chama de inconsciente coletivo – que, de maneira bem geral, é aquele que vai além das experiências individuais do sujeito.

Assim, uma explicação para a atualidade dos contos de fadas está na riqueza de elementos psíquicos que eles possuem e que dialogam, de alguma forma, com a mente humana. Eles são uma das nossas principais heranças psíquicas. E são tão antigos e tão presentes em tantas culturas diferentes que é impossível precisar a sua origem.

A história de Branca de Neve, por exemplo, é conhecida por muitos pela versão de Walt Disney, do século XX, inspirada na dos irmãos Grimm, do século XIX. No entanto, há registros de que a história contada pelos irmãos Grimm circulava havia séculos na Europa por meio da tradição oral.

Na própria Alemanha, há versões com ladrões no lugar dos anões e com a lua em vez do espelho. Na versão celta, em vez da madrasta, é a mãe que tenta matar a filha, por inveja da sua beleza, e é uma truta que conta a ela que sua filha é a mais bonita e que ainda vive. Entre os albaneses, a moça foge e vive com 40 dragões, e é um anel que a faz dormir.

Não obstante as particularidades com que cada povo transmite essas histórias, observa-se que certas características estruturais e conceituais se reiteram. Uma das funções mais importantes e recorrentes dos contos de fadas em culturas diversas parece ser a representação dos *rituais de transição* inerentes tanto ao homem como à mulher, marcando a passagem da infância para a vida adulta. É a jovem heroína que passa por provações para enfim tornar-se mulher e casar, e o jovem aventureiro que prova sua força e astúcia para então tornar-se homem e tomar o posto de seus antecessores.

Existem muitas – e divergentes – explicações

acerca do porquê da atualidade dos contos de fadas. No entanto, ao menos num ponto estudiosos, psicanalistas, educadores, escritores e artistas parecem concordar: a sua importância cultural.

Nelly Novaes Coelho,[1] por exemplo, uma das maiores estudiosas da literatura infantojuvenil no Brasil, afirma que, para ela, pesquisar "o conto de fadas teve sempre como alvo maior a Educação", pois "a literatura é instrumento de conhecimento do mundo, do eu e do outro".

Para a jornalista, professora e escritora Ana Maria Machado,[2] os contos de fadas "(...) fazem parte de um patrimônio comum de todos nós, um tesouro que a humanidade vem preservando pelos tempos afora".

De acordo com o psicólogo Bruno Bettelheim,[3] autor de *A psicanálise dos contos de fadas*, de modo simples, os contos de fadas nos transmitem informações de que apesar da crueldade a que estamos expostos no mundo e dos sofrimentos dela advindos, podemos lutar e emergir vitoriosos. Desse modo, a leitura desses contos – muitas vezes violentos –, se encarada de maneira simbólica, induz ao enfrentamento dos problemas e ao aprendizado da defesa contra as intempéries da vida.

Reconhecendo a importância – inclusive antro-

---

[1] *O conto de fadas: símbolos – mitos – arquétipos*. São Paulo: Paulinas, 2008.

[2] Apresentação à obra *Contos de fadas de Perrault, Grimm, Andersen & outros*. Rio de Janeiro: Zahar, 2010.

[3] *A psicanálise dos contos de fadas*. São Paulo: Paz e Terra, 2007.

pológica – dos contos de fadas, a Editora Martin Claret inaugura esta coleção. Indubitavelmente, pais, professores e psicólogos terão em mãos um material riquíssimo em elementos psíquicos, culturais e intertextuais para trabalhar com o público juvenil.

Os quatro primeiros volumes estreiam com os contos de fadas celtas. Nos próximos, serão apresentados contos de fadas de diversas regiões do mundo, do Ocidente e do Oriente, que certamente contribuirão para o desenvolvimento do imaginário do leitor infantojuvenil brasileiro.

Taís Gasparetti*

---

* Taís Gasparetti é produtora editorial e atua no mercado de livros há mais de dez anos. Graduada em Letras pela Unicamp, foi professora na rede particular e pública de ensino e participou das bancas de correção de Literatura e Redação da Comissão de Vestibulares do vestibular Unicamp (Comvest). Atualmente é também redatora, *ghost writer* e revisora de textos.

Princesas e damas encantadas

ÁRVORE DE OURO
E ÁRVORE DE PRATA

Era uma vez um rei que tinha uma esposa cujo nome era Árvore de Prata e uma filha cujo nome era Árvore de Ouro. Num certo dia, entre outros dias, Árvore de Ouro e Árvore de Prata foram a uma ravina em que havia uma fonte, e dentro da fonte havia uma truta.

Árvore de Prata disse:

– Trutinha, minha pequena camarada, não sou a mais bela rainha do mundo?

– Oh! De verdade? Você não é não!

– Mas quem é então?

– Ora, é Árvore de Ouro, sua filha.

Árvore de Prata foi para casa, cega de raiva.

Deitou-se na cama e jurou que nunca mais ficaria boa se não conseguisse comer o coração e o fígado de Árvore de Ouro, sua filha.

Ao cair da noite, o rei voltou para casa, e disseram-lhe que Árvore de Prata, sua esposa, estava muito doente. Ele foi até onde ela estava, e perguntou-lhe o que havia de errado com ela.

– Oh! É uma coisa que só você poderá curar, se quiser.

– Oh! De fato, não há nada que eu possa fazer por você que eu não faça.

– Se eu obtiver o coração e o fígado de Árvore de Ouro, minha filha, para comer, ficarei boa de novo.

Aconteceu que nessa ocasião o filho de um grande rei veio do estrangeiro para pedir Árvore de Ouro em casamento. O rei concordou, e eles foram embora para o estrangeiro.

O rei então enviou seus rapazes à colina de caça para matarem um bode, e ele deu o coração e o fígado do animal para a esposa comer. Então ela ficou curada e saudável.

Um ano depois, Árvore de Prata foi à ravina onde ficava a fonte, dentro da qual vivia a truta.

– Trutinha, minha pequena camarada – disse ela –, não sou eu a mais bela rainha do mundo?

– Oh! De verdade? Você não é não!

– Mas quem é então?

– Ora, é Árvore de Ouro, sua filha.

– Ora, mas faz muito tempo que ela morreu! Já faz um ano desde que eu comi o seu coração e o seu fígado.

– Bem, na verdade, ela não está morta. Está casada com um grande príncipe estrangeiro.

Árvore de Prata foi para casa, implorou ao rei que mandasse preparar o navio real e disse:

– Vou visitar minha querida Árvore de Ouro, pois faz muito tempo que não a vejo.

O navio foi preparado e eles zarparam. A própria Árvore de Prata controlava o leme. Ela conduziu o navio tão bem que eles não levaram muito tempo para chegar.

O príncipe estava fora, caçando nas colinas.
Árvore de Ouro reconheceu o navio de seu pai.
– Oh! – disse ela aos criados – Minha mãe está chegando e quer me matar.
– Ela não vai matá-la não, nós vamos prender você num quarto onde ela não vai poder chegar perto de você.
E isso foi feito, e quando Árvore de Prata chegou à praia, começou a gritar:
– Venha encontrar-se com sua mãe, pois ela veio visitá-la.
Árvore de Ouro disse que não poderia ir ao seu encontro, pois estava trancada no quarto e não tinha como sair dali.
– Você não poderia colocar seu dedo mínimo para fora, pelo buraco da fechadura – disse Árvore de Prata –, para que sua mãe possa dar um beijo nele?
Árvore de Ouro colocou seu dedinho para fora. Árvore de Prata pegou uma estaca fina envenenada e espetou nele.
Árvore de Ouro caiu morta.
Quando o príncipe voltou para casa e encontrou Árvore de Ouro morta, ficou desolado. Quando deu-se conta do quanto era bonita, não a enterrou, mas trancou-a num quarto onde ninguém chegaria perto dela.

Algum tempo depois, ele se casou novamente, e toda a casa ficou aos cuidados de sua esposa, com exceção daquele quarto. Ele mesmo cuidava dele e sempre guardava a chave em seu bolso. Um dia ele esqueceu de levar a chave consigo, e a segunda esposa entrou no quarto. E o que ela viu lá foi a mais bela mulher que já tinha visto.

Ela começou a virá-la e a tentar despertá-la, e notou a estaca envenenada em seu dedo. Puxou-a, então, e Árvore de Ouro despertou. Estava viva e mais bela do que nunca.

Ao cair da noite, o príncipe voltou para casa, vindo da colina de caça, parecendo muito deprimido:

– Qual presente – disse sua mulher – você me daria se eu lhe fizesse sorrir?

– Oh! Na verdade, nada poderia me fazer sorrir, a não ser ver Árvore de Ouro viva novamente.

– Bem, você a encontrará viva ali no quarto.

Quando o príncipe viu Árvore de Ouro viva, rejubilou-se muito e começou a beijá-la e beijá-la e beijá-la. A segunda esposa disse:

– Como ela é a primeira que você teve, é melhor para você ficar com ela, e eu irei embora.

– Oh! Na verdade, você não deve ir embora, pois pretendo ficar com as duas.

No fim do ano, Árvore de Prata foi à ravina onde se encontrava a fonte, na qual vivia a truta:

– Trutinha, minha pequena camarada – disse ela –, não sou eu a mais bela rainha do mundo?

– Oh! De verdade, você não é não.

– Quem é então?

– Ora, é Árvore de Ouro, sua filha.

– Oh! Mas ela não está mais viva. Há um ano, eu espetei uma estaca envenenada em seu dedo.

– Oh! Para dizer a verdade, ela não está morta não.

Árvore de Prata foi para casa e pediu ao rei que preparasse o navio, pois queria visitar sua querida Árvore de Ouro, afinal fazia muito tempo que não a via. O navio foi preparado, e eles zarparam. A própria Árvore de Prata estava ao leme, e conduzia o navio tão bem que não levou muito tempo para eles chegarem.

O príncipe estava fora, caçando nas colinas.

Árvore de Ouro reconheceu o navio de seu pai se aproximando:

– Oh! – disse ela –, minha mãe está chegando e vai me matar.

– Não vai não – disse a segunda esposa –, vamos até lá para recebê-la.

Árvore de Prata desembarcou na praia.

– Venha aqui, Árvore de Ouro, meu amor – disse ela –, pois sua mãe veio visitá-la, trazendo-lhe uma bebida preciosa.

– É um costume neste país – disse a segunda esposa – que a pessoa que oferece uma bebida tome um gole dela primeiro.

Árvore de Prata encostou a boca na taça, e a segunda esposa lhe deu um tranco para que uma porção do líquido descesse pela sua garganta. Ela então caiu morta. Só tiveram de levá-la para casa, já um cadáver, e enterrá-la.

O príncipe e suas duas esposas viveram muito tempo depois disso, felizes e em paz.

Deixei-os ali.

JUSTA, MORENA
E TRÊMULA

rei Hugh Curucha vivia em Tir Conal, tinha três filhas, cujos nomes eram Justa, Morena e Trêmula.

Justa e Morena tinham vestidos novos e iam à igreja todos os domingos. Trêmula ficava em casa para cozinhar e fazer todo o trabalho doméstico. Não a deixavam sair de casa nunca, pois era mais bonita do que as outras duas, e elas temiam que a irmã se casasse antes delas.

Agiram assim por sete anos. No fim desse período, o filho do rei de Emania se apaixonou pela irmã mais velha. Num domingo de manhã, depois que as duas irmãs haviam saído para ir à igreja, a velha feiticeira foi à cozinha e disse a Trêmula:

– Você deveria estar na igreja hoje, em vez de trabalhar aqui em casa.

– Mas como eu poderia ir? – disse Trêmula.

– Não tenho roupas suficientemente boas para ir à igreja, e se minhas irmãs me vissem lá, elas me matariam por eu ter saído de casa.

– Eu lhe darei – disse a feiticeira – o vestido mais

bonito que alguém já viu. E agora me diga, que tipo de vestido você quer?

– Eu quero – disse Trêmula – um vestido branco como a neve, e sapatos verdes para os meus pés.

Então a feiticeira vestiu o manto de trevas, pegou um pedacinho das roupas velhas que a jovem usava e pediu as roupas mais brancas e mais belas do mundo, e um par de sapatos verdes.

No momento em que recebeu o vestido e os sapatos, levou-os a Trêmula, que os vestiu e os calçou. Quando Trêmula estava vestida e pronta, a feiticeira disse:

– Tenho aqui um pássaro chupa-mel para ficar em seu ombro direito, e um melianto para seu ombro esquerdo. Na porta há uma égua branca cor de leite, com uma sela dourada para você montar, e rédeas douradas para segurar.

Trêmula se sentou na sela dourada, e quando estava pronta para partir, a feiticeira disse:

– Não entre pela porta da igreja, e no momento em que as pessoas se levantarem, no final da missa, volte para casa o mais rápido que puder.

Quando Trêmula chegou à porta da igreja, não havia ninguém lá dentro que, depois de vê-la, não quisesse muito saber quem ela era. E quando a viram fugindo no final da missa, correram para fora a fim de alcançá-la. Mas a correria não adiantou muito; ela se fora, antes que qualquer homem pudesse se aproximar dela. Do minuto em que deixou a igreja até chegar em casa, ela rompia o vento diante de si e o deixava para trás.

Entrou pela porta, e viu que a feiticeira deixara o jantar pronto. Despiu o vestido branco e, num piscar de olhos, vestiu novamente as suas roupas velhas.

Quando as duas irmãs voltaram para casa, a feiticeira perguntou:
– Vocês tem alguma novidade para contar?
– Temos grandes novidades – disseram elas.
– Vimos uma mulher maravilhosa na porta da igreja, uma grande dama. Nunca vimos, em mulher nenhuma, vestido igual ao que ela usava. Nossos vestidos não são nada ao lado daquele que ela usava, e não havia nenhum homem na igreja, do rei ao mendigo, que não olhasse para ela e não tentasse saber quem ela era.

As irmãs não sossegaram enquanto não conseguiram dois vestidos iguais aos da estranha dama; mas não conseguiram encontrar nenhum chupa-mel nem melianto.

No domingo seguinte as duas irmãs foram à igreja novamente e deixaram a mais nova em casa para fazer o jantar. Depois que saíram, a feiticeira entrou e perguntou:
– Você não vai à igreja hoje?
– Eu iria – disse Trêmula –, se tivesse o que vestir.
– Que vestido você quer usar? – perguntou a feiticeira.
– Um feito com o cetim negro mais fino que puder ser encontrado. E quero sapatos vermelhos para os meus pés.
– De que cor você quer que seja a égua?
– Quero que seja tão negra e brilhante a ponto de me ver refletida em seu corpo.

A feiticeira vestiu seu manto de trevas e pediu o vestido e a égua. No mesmo instante, ela os recebeu. Quando Trêmula ficou pronta, a feiticeira colocou o pássaro chupa-mel em seu ombro direito e o melianto no esquerdo. A sela da égua era de prata, assim como as rédeas.

Quando Trêmula se sentou na sela e se preparava para ir embora, a feiticeira ordenou-lhe estritamente que não entrasse pela porta da igreja, e que fugisse tão logo as pessoas se levantassem no final da missa, que voltasse correndo para casa antes que qualquer homem pudesse pará-la.

Naquele domingo, as pessoas ficaram mais atônitas do que nunca, olharam-na com mais atenção do que da primeira vez, imaginando quem ela seria. Mas não tiveram nenhuma chance; no momento em que as pessoas se levantaram, no final da missa, ela fugiu da igreja, saltou sobre a sela de prata e foi para casa antes que algum homem pudesse pará-la ou falar com ela.

A feiticeira a esperava com o jantar pronto.

Trêmula tirou seu vestido de cetim e colocou as velhas roupas antes que suas irmãs voltassem.

– Que novidades vocês nos trazem hoje? – perguntou a feiticeira às irmãs quando elas voltaram da igreja.

– Oh, nós vimos a estranha grande dama novamente! E qualquer homem acharia nossos vestidos feios, depois de ver as roupas de cetim que ela usava! Todos, na igreja, de alto a baixo, ficaram boquiabertos ao olharem para ela; e nenhum homem olhou para nós.

As duas irmãs não sossegaram enquanto não arranjaram os vestidos mais parecidos com o da estranha dama. É claro que não eram tão bons, pois vestidos iguais àquele não podiam ser encontrados em Erin.

Quando chegou o terceiro domingo, Justa e Morena foram à igreja usando cetim negro. Deixaram Trêmula em casa trabalhando na cozinha, e disseram-lhe que deixasse o jantar pronto para quando voltassem da missa. Depois que elas saíram e desapareceram da vista, a feiticeira foi à cozinha e disse:

– Bem, minha querida, você quer ir à igreja hoje?

– Eu iria se tivesse um vestido novo para usar.

– Eu lhe darei qualquer vestido que pedir. Que vestido você gostaria de ter? – perguntou a feiticeira.

– Um vestido vermelho como uma rosa da cintura para baixo, e branco como a neve da cintura para cima; uma capa verde sobre meus ombros, e na cabeça um chapéu com três penas, uma vermelha, uma branca e uma verde, e nos pés, sapatos com laços vermelhos nas pontas, brancos no meio e saltos verdes.

A feiticeira vestiu o manto de trevas e pediu todas essas coisas. Quando Trêmula ficou pronta, a feiticeira colocou o chupa-mel em seu ombro direito e o melianto no esquerdo. Ao colocar o chapéu em sua cabeça, cortou alguns fios de cabelo de um cacho e alguns de outro com sua tesoura, e naquele mesmo instante surgiu a mais bela das cabeleiras douradas caindo em ondas sobre os ombros da jovem. Então a feiticeira perguntou que tipo de égua ela gostaria de montar. A jovem disse que queria uma égua branca, com manchas azuis e douradas em forma de diamante por todo o corpo, com uma sela de ouro em seu dorso e rédeas de ouro em seu focinho.

Logo a égua estava ali diante da porta, com um pássaro pousado entre suas orelhas, que começou a cantar assim que Trêmula se sentou sobre a sela, e não parou até ela voltar da igreja.

A fama da bela estranha dama correu mundo, e todos os príncipes e grandes homens foram à igreja naquele domingo, cada um esperando ser aquele que a levaria com ele para casa depois da missa.

O filho do rei de Emania esqueceu tudo sobre a irmã mais velha, e ficou do lado de fora da igreja para abordar a estranha dama antes que ela pudesse fugir. A igreja estava mais cheia do que nunca, e havia três vezes mais gente do lado de fora. Foi tão grande o tumulto, que Trêmula só conseguiu atravessar o portão.

Assim que as pessoas começaram a se levantar, no final da missa, a dama se esgueirou pelo portão, saltou sobre a sela dourada no mesmo instante, e foi embora mais rápida que o vento. Mas o príncipe de Emania estava ao seu lado e, agarrando-a pelo pé, correu ao lado da égua por 150 metros até o sapato se soltar. Então ele ficou para trás com o sapato na mão. Ela voltou para casa tão depressa quanto a égua conseguiu levá-la, pensando o tempo todo que a feiticeira a mataria por ter perdido o sapato.

Vendo-a tão aborrecida e com o rosto tão transtornado, a velha mulher perguntou:

– Qual é o problema com você agora?

– Oh! Eu perdi um de meus sapatos, que caiu do meu pé – disse Trêmula.

– Não se preocupe, não fique aborrecida – disse a feiticeira –, talvez seja a melhor coisa que já aconteceu a você.

Então Trêmula devolveu todas as coisas à feiticeira, vestiu suas roupas velhas e foi trabalhar na cozinha. Quando as irmãs voltaram para casa, a feiticeira perguntou:

– Vocês trazem novidades da igreja?

– Trazemos sim – disseram elas –, pois hoje tivemos a mais fantástica visão de todas. A estranha dama veio de novo, com uma indumentária mais bela do que antes. Nela mesma e no cavalo que montava estavam as mais belas cores do mundo. E entre as orelhas do cavalo havia um pássaro que não parou de cantar desde o momento em que ela chegou até o momento em que foi embora. Essa dama é a mulher mais bela já vista por qualquer homem em Erin.

Depois que Trêmula desapareceu da igreja, o filho do rei de Emania disse aos outros filhos de reis:

– Terei essa dama só para mim.

Todos disseram: "Não basta ter-lhe tirado o sapato para que seja sua; precisará ganhá-la pela ponta da espada, terá de lutar por ela contra todos nós antes de poder dizer que será só sua".

– Bem – disse o filho do rei de Emania –, quando eu encontrar a dama que conseguir calçar aquele sapato, lutarei por ela antes de deixá-la para qualquer um de vocês.

Então todos os filhos de reis ficaram inquietos e ansiosos para saber quem era a mulher que perdera o sapato, e começaram a viajar por toda Erin para tentar encontrá-la. O príncipe de Emania e todos os outros foram juntos, num grande grupo, viajaram por todo o país; foram a todos os lugares – norte, sul, leste e oeste. Visitaram todos os lugares onde existisse uma mulher, não deixaram de vasculhar nenhuma casa do reino na tentativa de encontrar aquela que conseguisse calçar o sapato, não importava sua condição de pobre ou rica, de classe alta ou baixa. O príncipe de Emania sempre levava o sapato consigo. Quando as jovens mulheres o viam ficavam muito esperançosas, pois era de tamanho regular, nem grande nem pequeno, mas ninguém sabia de que material era feito. Uma das mulheres achou que caberia em seu pé se ela cortasse uma ponta do seu dedão. Outra, com um pé muito pequeno, colocou um enchimento na ponta da sua meia. Mas era inútil; muitas dessas mulheres só conseguiam arruinar os pés, e depois levavam meses para curá-los.

As duas irmãs, Justa e Morena, ouviram que príncipes de todo o mundo procuravam em toda Erin a mulher que conseguisse calçar o sapato, e todos os dias elas falavam em experimentá-lo. Um dia Trêmula resolveu falar e disse:

– Talvez o sapato caiba no meu pé.

– Oh, mas de jeito nenhum! Por que está dizendo isso, se você ficou em casa todos os domingos?

Ficaram assim, esperando e repreendendo a irmã mais nova, até que os príncipes chegaram ali. No dia em que vieram à casa delas, as irmãs prenderam Trêmula num armário e trancaram a porta. Quando o grupo chegou, o príncipe de Emania deu o sapato às irmãs. Elas provaram, provaram, mas ele não cabia no pé de nenhuma delas.

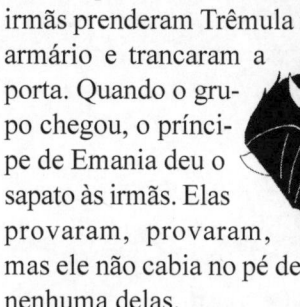

– Há alguma outra jovem mulher na casa? – perguntou o príncipe.

– Há sim! – disse Trêmula, falando do armário. – Eu estou aqui!

– Oh! É uma mulher que trabalha para nós limpando as cinzas do fogão – disseram as irmãs.

Mas o príncipe e os outros não quiseram deixar a casa antes de ver a jovem, e as duas irmãs foram obrigadas a abrir a porta. Trêmula saiu do armário, eles lhe deram o sapato, que coube perfeitamente em seu pé.

O príncipe de Emania olhou para ela e disse:

– Você é a mulher em cujo pé o sapato coube perfeitamente, é a mulher de quem eu o roubei!

Então Trêmula disse:

– Fique aqui até eu voltar.

Ela foi até a casa da feiticeira. A velha mulher vestiu o manto de trevas, obteve tudo o que Trêmula tinha usado no primeiro domingo na igreja, e colocou-a sentada sobre a égua branca como naquele dia. Trêmula cavalgou pela estrada até chegar à sua casa. Todos os que a viram no primeiro domingo disseram: "Essa é a dama que vimos na igreja".

Então ela foi embora de novo, e voltou pela segunda vez na égua negra, usando o segundo vestido que a feiticeira lhe dera. Todos os que a viram no segundo domingo disseram: "Essa é a dama que vimos na igreja".

De novo ela pediu licença para uma breve ausência, e logo voltou montada na terceira égua, usando o terceiro vestido. Todos os que a viram no terceiro domingo disseram: "Essa é a dama que vimos na igreja". Então todos ficaram satisfeitos, pois tiveram certeza de que era a mulher que procuravam.

Todos os príncipes e grandes homens disseram ao filho do rei de Emania:

– Agora terá de lutar por ela antes de a deixarmos ir com você.

– Estou aqui, diante de vocês, pronto para o combate – respondeu o príncipe.

O filho do rei de Lochlin deu um passo à frente.

A luta começou e foi terrível. Lutaram durante nove horas, e só pararam quando o filho do rei de Lochlin desistiu, renunciou à demanda e deixou o campo de luta. No dia seguinte, o filho do rei da Espanha lutou durante seis horas e renunciou. No terceiro dia, o filho do rei de Nyerfói lutou durante oito horas e parou. No quarto dia, o filho do rei da Grécia lutou por seis horas e parou. No quinto dia nenhum príncipe estrangeiro quis mais lutar, e todos os filhos de reis de Erin disseram que não lutariam com um homem de seu próprio país, que todos os estrangeiros haviam tido suas oportunidades, e, como ninguém mais viera reclamar a mulher, por direito ela pertencia ao filho do rei de Emania.

Foi marcado o dia do casamento e enviados os convites. A festa durou um ano e um dia. Quando terminou, o filho do rei trouxe a esposa para sua casa, e, chegada a hora, ela deu à luz um filho. A jovem enviou uma mensagem à sua irmã mais velha, Justa, para que viesse e cuidasse dela. Um dia, quando Trêmula já estava bem de saúde e seu marido estava fora caçando, as duas irmãs saíram para passear, chegaram à praia, e a mais velha empurrou a irmã para dentro do mar. Uma grande baleia se aproximou e a engoliu.

A irmã mais velha voltou para casa sozinha, e o cunhado perguntou:

– Onde está sua irmã?

– Ela foi visitar nosso pai em Ballyshannon. Agora que já estou bem não preciso mais dela.

– Bem – disse o marido olhando para ela –, temo que tenha sido a minha esposa que foi embora.

– Oh não! – disse ela – Foi minha irmã Justa que foi embora.

Como as irmãs eram muito parecidas, o príncipe ficou em dúvida. Naquela noite ele colocou a espada entre eles na cama, e disse:

– Se você for minha esposa, esta espada ficará quente e, se não for, ela permanecerá fria.

De manhã quando ele acordou a espada estava tão fria como no momento em que a colocara ali. Aconteceu que, quando as duas irmãs passeavam na praia, um menino vaqueiro que cuidava de seu gado apareceu junto à água e viu Justa empurrar Trêmula para dentro do mar. E no dia seguinte, quando a maré subiu, ele viu a baleia nadar até a praia e cuspi-la na areia. Ao ver que estava salva na areia, Trêmula disse ao vaqueiro:

– Quando voltar com seu gado, à noitinha, conte ao seu amo que ontem minha irmã Justa me empurrou para dentro do mar, que uma baleia me engoliu e depois me cuspiu, mas virá novamente para me engolir quando a maré subir de novo; ela irá embora com a maré, mas voltará de manhãzinha e me cuspirá de novo na praia. A baleia vai fazer isso comigo três vezes, pois estou sob o encantamento dela e não consigo sair da praia ou fugir. A menos que meu marido me salve antes de eu ser engolida pela quarta vez, estarei perdida para sempre. Ele precisa vir aqui e atirar na baleia com uma bala de prata quando ela se virar de costas. Sob a nadadeira peitoral da baleia, há uma mancha vermelha escura. Meu marido deverá acertá-la naquele ponto, pois é o único lugar em que ela poderá ser atingida mortalmente.

Quando o menino chegou em casa, a irmã mais velha lhe deu uma dose da bebida do esquecimento, e ele não contou nada ao príncipe.

No dia seguinte, ele foi novamente até a beira do mar. A baleia chegou e jogou Trêmula na praia de novo. Então ela perguntou ao rapaz:

– Você contou ao seu amo o que eu lhe pedi para contar?

– Não – disse ele –, eu esqueci.

– Como você esqueceu? – perguntou ela.

– A dona da casa me deu uma bebida que me fez esquecer.

– Bem, não esqueça de contar tudo a ele esta noite, e se ela lhe oferecer uma bebida não a aceite.

Quando o vaqueiro chegou em casa, a irmã mais velha ofereceu-lhe uma bebida. O menino recusou-se a tomá-la enquanto não levasse a mensagem ao seu amo. No terceiro dia, o príncipe foi até a praia com sua arma e uma bala de prata. Não precisou esperar muito até ver a baleia chegar e atirar Trêmula na praia, como fizera nos dois dias anteriores. Ela, sob o encantamento, não podia falar com o marido enquanto ele não matasse a baleia. O animal se afastou, virou de costas e, por um único momento, mostrou a mancha em seu peito. Naquele instante, o príncipe atirou. Era uma oportunidade única, e mínima, mas ele a aproveitou e acertou o alvo. A baleia, louca de dor e sangrando muito, tingiu de vermelho o mar em volta e morreu.

Naquele instante, Trêmula voltou a falar e foi para casa com o marido, que mandou uma mensagem ao pai dela dizendo o que a irmã mais velha havia feito. O pai veio e disse ao príncipe que escolhesse qualquer tipo de morte para a malvada. O príncipe disse ao pai dela que deixaria em sua mãos decidir sobre a vida ou a morte da filha. O pai então mandou jogá-la ao mar num barril, com provisões para sete anos.

Depois de algum tempo, Trêmula teve outro filho, uma menina. O casal deu instrução ao menino vaqueiro, criou-o como um de seus próprios filhos e disse:

– Se a menina que nasceu sobreviver, nenhum outro homem no mundo a terá, só ele.

O vaqueiro e a filha do príncipe viveram saudáveis até se casarem. A mãe disse ao marido:

– Você nunca teria conseguido me salvar da baleia se não fosse o menino vaqueiro; por causa disso eu lhe darei minha filha em casamento.

O filho do rei de Emania e Trêmula tiveram quatorze filhos e viveram felizes até morrerem, com uma idade bem avançada.

CABEÇA-PEQUENA E OS FILHOS DO REI

Há muito tempo, vivia em Erin uma mulher que se casou com um destacado homem e teve uma filha. Após o nascimento da filha o marido morreu.

A mulher não ficou viúva por muito tempo, pois se casou pela segunda vez e teve duas filhas. Essas duas irmãs odiavam sua meia-irmã. Achavam-na não tão esperta quanto deveria ser e a apelidaram de Cabeça-Pequena.

O pai morreu quando a mais velha das duas irmãs completou 14 anos. A mãe sentiu-se muito triste e começou a definhar. Costumava sentar-se num canto, e jamais saía de casa. Cabeça-Pequena era bondosa com a mãe e esta era carinhosa com sua filha mais velha, muito mais do que com as outras duas, que sentiam vergonha da irmã.

Por fim, as duas irmãs tramaram matar a mãe.

Um dia, quando a meia-irmã saiu, elas colocaram a mãe num caldeirão, cozinharam-na e jogaram fora os ossos. Quando Cabeça-Pequena chegou em casa, não havia vestígio algum de sua mãe.

– Onde está minha mãe? – perguntou para as outras duas.

– Ela foi para algum lugar. Por que deveríamos saber onde ela está?

– Oh, meninas perversas! Vocês mataram minha mãe! – disse Cabeça-Pequena.

Agora Cabeça-Pequena já não deixaria a casa de jeito nenhum, e as irmãs ficaram muito furiosas.

– Homem algum se casará com nenhuma de nós – elas disseram –, se perceber que temos uma irmã idiota.

Como elas não podiam expulsar Cabeça-Pequena de casa, resolveram elas próprias ir embora. Numa bela manhã, saíram de casa sem o conhecimento de sua meia-irmã e viajaram por muitas milhas. Quando Cabeça-Pequena descobriu que tinham ido, correu no encalço delas e não parou até voltar trazendo as duas. Elas tiveram que voltar para casa, mas ralharam amargamente com ela.

As duas, então, decidiram matar Cabeça-Pequena. E, um dia, espalharam vinte agulhas num monte de palha.

– Nós vamos além daquela colina do outro lado e ali ficaremos até o anoitecer – disseram. – Mataremos você se não reunir sobre a mesa diante de nós todas as agulhas que estão naquele palheiro lá fora.

E seguiram rumo à colina. Cabeça-Pequena sentou-se e ficou chorando dolorosamente. Um gatinho cinza entrou e perguntou-lhe:

– Por que você chora e se lamenta tanto?

– Minhas irmãs abusam de mim e me agridem – respondeu Cabeça-Pequena. – Nesta manhã disseram que me matariam se até o entardecer eu não tivesse reunido todas as agulhas do palheiro.

– Sente-se aqui – disse o gato –, e seque suas lágrimas.

O gato encontrou rapidamente as 20 agulhas e as entregou para Cabeça-Pequena.

– Preste atenção agora – disse o gato – e ouça o que vou dizer-lhe. Eu sou sua mãe. Suas irmãs me mataram e destruíram meu corpo, mas não lhes cause nenhum dano. Trate-as bem, faça o melhor que puder por elas, salve-as. Obedeça a minhas palavras e, ao final, tudo correrá bem para você – e foi embora assim como veio.

Ao anoitecer, as irmãs voltaram para casa. As agulhas estavam na mesa diante delas. Elas sentiram-se contrariadas e furiosas quando viram as vinte agulhas e disseram que alguém tinha ajudado a irmã.

Numa noite, enquanto Cabeça-Pequena já estava dormindo, as irmãs foram embora novamente. Desta vez, resolveram nunca mais voltar para casa. Cabeça-Pequena dormiu até o amanhecer. Quando descobriu que as irmãs tinham ido embora, foi no rastro delas, foi de canto a canto, perguntou aqui e ali, dia após dia, até que numa manhã alguém lhe disse que elas estavam na casa de uma velha bruxa, uma terrível feiticeira, que tinha um filho e três filhas; que a casa era um lugar péssimo para ir, pois a velha bruxa possuía mais poderes de feitiçaria do que qualquer outro e era muito perversa.

Cabeça-Pequena apressou-se para salvar suas irmãs, e já diante da casa bateu à porta e pediu pelo amor de Deus que lhe dessem pousada:

– Oh, nesse caso – disse a bruxa –, é difícil

recusar abrigo para alguém, pois, além da noite turbulenta de tempestade de hoje, estou curiosa para saber se você tem algo a ver com as jovens que aqui chegaram esta manhã.

As duas irmãs a ouviram e ficaram muito furiosas com a presença de Cabeça-Pequena ali, mas nada disseram, pois não desejavam que a mulher soubesse do parentesco entre elas. Após o jantar, a bruxa disse para as três irmãs que dormissem num quarto do lado direito da casa. Quando as filhas da bruxa estavam indo para a cama, Cabeça-Pequena a viu atar um laço de fita em volta do pescoço de cada uma delas; depois a ouviu dizer:

– Vocês vão dormir no quarto do lado esquerdo.

Cabeça-Pequena foi na mesma hora dizer às irmãs:

– Venham depressa, ou direi para a mulher quem são vocês.

Elas foram para o quarto do lado esquerdo da casa e ali permaneceram antes que as filhas da bruxa chegassem.

– Oh! – disseram as filhas da bruxa. – As camas do outro quarto são bem melhores – e ocuparam as camas do quarto à direita.

Logo que percebeu que as filhas da bruxa tinham adormecido, Cabeça-Pequena retirou-lhes as fitas do pescoço e colocou-as no pescoço das irmãs e no seu. Ela fingiu que dormia e ficou vigilante. Depois de um tempo, ela ouviu a bruxa dizer para o filho:

– Vá agora e mate as três garotas. Elas têm roupas e dinheiro.

– Você já matou gente o bastante em sua vida. Deve deixá-las partir – disse-lhe o filho.

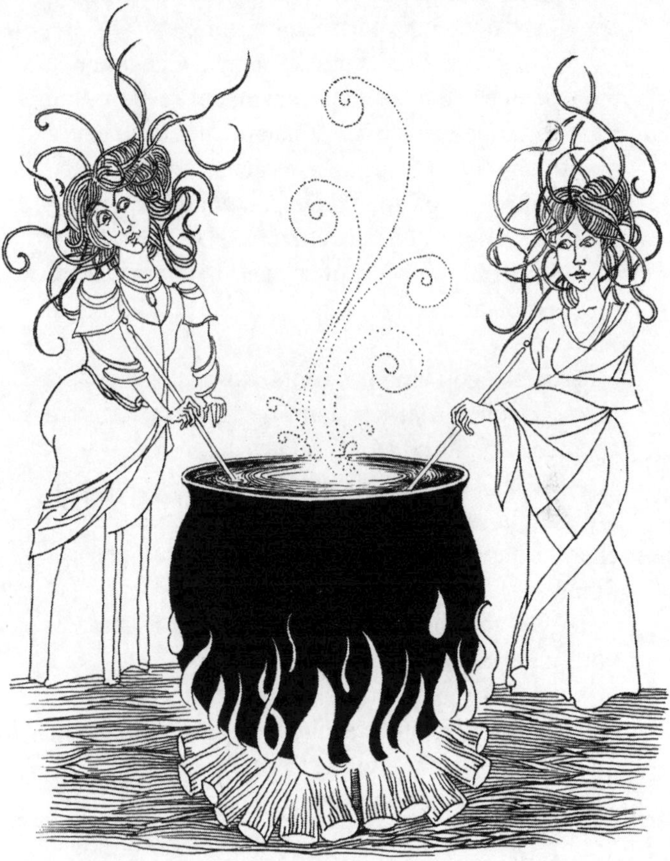

Mas a velha não quis ouvi-lo. Temendo a mãe, o rapaz se levantou, apanhou um facão, foi para o quarto da direita e cortou a garganta das meninas que não tinham a fita no pescoço. Depois, foi dormir e, quando Cabeça-Pequena viu que a velha dormia, apanhou suas irmãs, disse-lhes o que aconteceu, mandou que se vestissem depressa e que a seguissem. E, acreditem em mim, desta vez elas ficaram ansiosas e contentes por seguir a irmã.

As três viajaram animadamente. Chegaram a uma ponte, naquele tempo chamada de Ponte do Sangue. Aquele que tivesse matado alguém não podia atravessá-la. Quando as três alcançaram a ponte, as duas irmãs estacaram. Não podiam dar um passo adiante. Cabeça-Pequena cruzou a ponte e voltou:

– Se eu não soubesse que vocês mataram a nossa mãe, eu o saberia agora, porque esta é a Ponte do Sangue.

Ela carregou uma das irmãs nas costas e depois levou a outra. Mal terminou de levá-las, a bruxa apareceu do outro lado da ponte.

– A má sorte te acompanhe, Cabeça-Pequena! – disse ela. – Eu não sabia quem era você quando chegou, na tarde de ontem. Você matou minhas três filhas.

– Não fui eu quem matou suas três filhas. Foi você mesma – disse Cabeça-Pequena.

Como não podia atravessar a ponte, a velha bruxa começou a praguejar e lançou todas as maldições de que podia se lembrar em Cabeça-Pequena.

As irmãs prosseguiram adiante, até chegar ao castelo de um rei. E lá souberam que estavam precisando de duas criadas na corte.

– Vão agora – disse Cabeça-Pequena para as irmãs – e peçam trabalho no castelo. Sejam fiéis e trabalhem bem. Vocês não poderão nunca voltar pela estrada em que vieram.

As duas conseguiram trabalho no castelo, e Cabeça-Pequena alojou-se na casa de um ferreiro, próxima dali.

– Eu ficaria satisfeita se conseguisse trabalho de copeira no castelo – disse Cabeça-Pequena para a esposa do ferreiro.

– Irei ao castelo e conseguirei um lugar de copeira para você se eu puder – disse a mulher.

E a mulher conseguiu o trabalho para Cabeça--Pequena no castelo. No dia seguinte, ela foi para lá.

– Eu tenho que ser cuidadosa – pensou Cabeça--Pequena – e fazer o melhor que puder. Estou num lugar estranho. Minhas irmãs estão aqui. Quem sabe, ainda teremos muita sorte.

Ela vestia-se com sobriedade e era alegre. Todos gostavam dela. Muito mais do que de suas irmãs, embora elas fossem lindas. O rei tinha dois filhos, um vivia no castelo, o outro no estrangeiro. Um dia, Cabeça-Pequena pensou consigo mesma: "Está na hora de o filho do rei que vive aqui se casar. Falarei com ele na primeira oportunidade que tiver".

Um dia, ela o viu sozinho no jardim, foi até ele e disse:

– Por que você ainda não se casou? Está na hora de fazê-lo.

Ele apenas riu e a achou muito audaciosa. Mas depois pensou tratar-se de uma garota simplória que desejava ser agradável, e disse:

– Vou dizer-lhe o motivo: meu avô obrigou meu

pai, por meio de juramento, a jamais deixar seu filho mais velho se casar até que obtivesse a Espada de Luz. Temo que ficarei solteiro por muito tempo.

– Você sabe onde está a Espada de Luz ou quem a possui? – perguntou Cabeça-Pequena.

– Sei – disse o filho do rei. – Está com uma velha bruxa que tem enormes poderes e sabe muitas formas de encantamento. Ela vive distante daqui, além da Ponte do Sangue. Eu não posso ir até lá por minha vontade, pois não posso atravessar a ponte, já que matei muitos homens na guerra. Mesmo que eu pudesse cruzar a ponte, não conseguiria ir adiante, pois são muitos os filhos de rei que a bruxa destruiu ou enfeitiçou.

– Suponha que alguém pudesse trazer a Espada de Luz e que essa pessoa fosse uma mulher. Você se casaria com ela?

– Certamente – disse o filho do rei.

– Se você me prometer que se casará com a minha irmã mais velha, vou me empenhar para trazer a Espada de Luz.

– Eu lhe prometo com a melhor boa vontade – disse o filho do rei.

Na manhã seguinte, bem cedo, Cabeça-Pequena partiu para a sua jornada. Comprou na primeira loja que encontrou 14 libras de sal e seguiu caminho; não parou nem descansou até que, ao anoitecer, chegou à casa da bruxa. Subiu ao espigão frontal, olhou para baixo e viu o filho dela preparando mingau de aveia em um grande pote. Ela o apressava:

– Estou tão faminta quanto um falcão – choramingava a bruxa.

Toda vez que o rapaz olhava para outra direção,

Cabeça-Pequena jogava sal, tornava a jogar e ia jogando até que todo o sal foi parar no pote. A velha bruxa esperou e esperou, e finalmente choramingou:

– Traga-me o mingau! Estou morrendo de fome! Traga-me o pote! Eu comerei no pote! Traga também leite!

O rapaz trouxe o mingau e o leite. A velha começou a comer, mas no primeiro bocado ela o cuspiu fora e esbravejou:

– Você colocou sal no pote em vez de açúcar!

– Eu não fiz isso, mãe.

– Fez sim. Você me pregou uma peça. Atire esse mingau para os porcos e vá ao poço buscar água.

– Não posso ir – disse o rapaz –, a noite está muito escura. Corro o risco de cair no poço.

– Tem que ir e trazer-me a água. Não conseguirei viver até amanhã sem comer.

– Estou tão faminto quanto a senhora – disse o rapaz –, mas como poderei ir ao poço sem uma luz? Não vou, a menos que a senhora me dê uma lâmpada.

– Se eu lhe der a Espada de Luz, algum desconhecido poderá te seguir; talvez aquele demônio de nome Cabeça-Pequena esteja aí fora.

Porém, mais depressa do que o girar da noite para a manhã, a velha bruxa deu a Espada de Luz para o filho, advertindo-o para que tivesse todo o cuidado. Ele a apanhou e saiu. Quando viu que não havia ninguém no caminho, deixou a espada no topo da escada para assim obter uma boa iluminação e desceu até a água. Não tinha ainda descido muitos degraus quando Cabeça-Pequena se apossou da espada e correu por colinas, planícies e vales rumo à Ponte do Sangue.

O rapaz clamou e gritou com todas as suas forças, até que a bruxa chegou:

– Onde está a Espada? – gritou ela.

– Alguém a pegou na escada.

A bruxa disparou pelo caminho seguindo a luz, mas só pôde alcançar Cabeça-Pequena quando ela já estava sobre a ponte.

– Dê-me a Espada de Luz ou a má sorte te perseguirá – esbravejou a bruxa.

– Certamente que não darei. Vou guardá-la e a má sorte será sua – respondeu Cabeça-Pequena.

Na manhã seguinte, ela procurou o filho do rei e disse:

– Eu tenho a Espada de Luz. Você agora se casará com a minha irmã?

– É claro que me casarei – ele disse.

O filho do rei casou-se com a irmã de Cabeça--Pequena e ganhou a Espada de Luz.

Cabeça-Pequena não ficou mais tempo na cozinha – para a irmã, era indiferente tê-la na cozinha ou na sala de recepção.

O segundo filho do rei regressou ao lar e, pouco depois que chegou, Cabeça-Pequena disse para si mesma: "talvez ele se case com a minha segunda irmã".

Ela o viu um dia no jardim, aproximou-se e disse:

– Já não é hora de você se casar, a exemplo de seu irmão?

– Quando meu avô estava morrendo – disse o jovem –, ele fez meu pai jurar que não deixaria seu segundo filho casar-se até que ele possuísse o Livro Negro. Esse livro, pelo que dizem, brilha e cria uma luz tão intensa que supera a Espada de Luz, e eu suponho que seja verdade. A velha bruxa que mora além da Ponte do Sangue tem o livro e ninguém se atreve a chegar perto dela, pois são muitos os príncipes mortos ou enfeitiçados por aquela mulher.

– Você se casaria com a minha segunda irmã se conseguisse o Livro Negro?

– Certamente. Eu me casaria com qualquer mulher se junto com ela eu conseguisse o Livro Negro. A Espada de Luz e o Livro Negro estavam com a nossa família até que meu avô morreu. Depois foram roubados pela amaldiçoada bruxa velha.

– Eu trarei o livro – disse Cabeça-Pequena – ou morrerei tentando consegui-lo.

Sabendo que o mingau de aveia era o alimento preferido da bruxa, Cabeça-Pequena entabulou na mente um outro truque. Apanhou um saco, colheu da chaminé cerca de 14 libras de fuligem e rumou para a casa da velha. A noite estava escura e chuvosa. Quando chegou à casa da bruxa, galgou o frontão central até chegar à chaminé, e dali viu o filho dela preparando mingau de aveia.

Ela deixou cair a fuligem aos poucos, até que estivesse toda no pote. Depois raspou ao redor do topo da chaminé até que um bocado de fuligem caísse nas mãos do rapaz.

– Oh, mãe – disse ele –, a noite está úmida e branda, mas a fuligem está caindo.

– Cubra o pote – disse a bruxa. – E seja rápido com o mingau. Estou morrendo de fome.

O rapaz então levou o pote para a mãe.

– A má sorte te acompanhe – gritou a bruxa no momento em que experimentou o mingau. – Está cheio de fuligem. Jogue-o para o porco.

– Se eu jogar, não poderei fazer outro, pois não temos mais água dentro de casa. E eu não vou sair na escuridão e nesse frio.

– Você precisa ir! – esbravejou.

– Eu não arredarei o pé daqui a menos que tenha uma lâmpada – disse.

– Você está pensando naquele livro, seu idiota, para levá-lo e perdê-lo, tal como fez com a espada? Cabeça-Pequena está espreitando você.

– Como pode essa criatura, Cabeça-Pequena, estar lá fora o tempo todo? Se não tem necessidade da água, poderá ficar sem ela.

Mais rápido do que o girar da noite para a manhã, a bruxa entregou o livro ao filho, dizendo:

– Não o coloque no chão nem se aparte dele até que você esteja dentro de casa ou lhe tirarei a vida.

O rapaz apanhou o livro e dirigiu-se ao poço.

Cabeça-Pequena o seguiu cautelosamente. Ele desceu ao poço levando o livro consigo, mas, quando se inclinou para pegar água, ela arrebatou-lhe o livro e o empurrou no poço, onde o rapaz ficou na iminência de se afogar.

Cabeça-Pequena já estava longe quando ele se recobrou e começou a clamar e gritar pela mãe. Ela veio apressada, tirou-o do poço e, ao constatar que o livro lhe fora levado, sentiu uma fúria tão grande que cravou uma faca no coração do próprio filho. Depois foi atrás de Cabeça-Pequena, que já cruzava a ponte antes que ela a alcançasse.

Quando a velha viu Cabeça-Pequena do outro lado da ponte, encarando-a e dançando com alegria, ela gritou:

– Você levou a Espada de Luz e o Livro Negro e suas irmãs estão casadas. Oh, a má sorte te acompanhe. Lançarei minhas maldições em você onde quer que vá. Você matou todos os meus filhos. Eu sou uma pobre e frágil mulher velha.

– A má sorte é sua mesma – disse Cabeça-Pequena. – Eu não temo maldições vindas de pessoas como você. Se tivesse vivido uma vida honesta, não seria o que se tornou hoje.

– Veja, Cabeça-Pequena, você me roubou tudo e matou meus filhos. Suas duas irmãs estão bem casadas. A sua fortuna começa com a minha ruína. Venha então e tome conta de mim na minha velhice. Retirarei minhas maldições e você terá boa sorte. Eu lhe prometo nunca mais tocar num fio de cabelo seu.

Cabeça-Pequena pensou um pouco, prometeu fazê-lo, e disse:

– Se você me tocar, ou tentar, será pior para você mesma.

A velha bruxa ficou satisfeita e voltou para casa.

Cabeça-Pequena retornou ao castelo e foi recebida com grande alegria. Na manhã seguinte encontrou o filho do rei no jardim e disse:

– Se você se casar com a minha irmã amanhã, terá o Livro Negro.

– Eu me casarei com ela alegremente – disse o filho do rei.

No dia seguinte, o casamento foi celebrado e o filho do rei ganhou o livro. Cabeça-Pequena permaneceu no castelo durante uma semana, conquistou uma relação harmônica com as irmãs e foi para a casa da bruxa. A velha ficou contente por vê-la e mostrou para a menina o seu trabalho. Tudo o que Cabeça-Pequena tinha que fazer era servir a bruxa e alimentar o enorme porco que ela possuía.

– Estou cevando esse porco – disse a bruxa. – Ele está agora com sete anos. E quanto mais tempo você demora a engordar um porco, mais custoso se torna alimentá-lo. Eu já o mantive por muito tempo, agora nós o mataremos e o comeremos.

Cabeça-Pequena fazia bem o seu trabalho. A velha bruxa ensinou-lhe algumas coisas, e, além disso, ela aprendeu por si mesma muito mais do que a bruxa pudesse imaginar. Alimentava o porco três vezes ao dia, e nem sonhava que ele pudesse ser algo mais além de um porco.

A bruxa enviou uma mensagem para a irmã que vivia no Oriente, convidando-a para visitá-la, quando então matariam o porco e fariam uma grande festa. A irmã veio e, num dia, ao sair a passeio com a irmã, a bruxa disse para Cabeça-Pequena:

– Dê ao porco muita comida hoje, pois esta será a sua derradeira refeição. Deixe-o saciado.

O porco tinha alma própria e sabia o que estava para acontecer. Enfiou o focinho debaixo do pote e o lançou no pé de Cabeça-Pequena, que estava descalça. Ela correu para dentro da casa para apanhar uma vara e, ao ver um bastão num canto do sótão, pegou-o e bateu no porco com ele.

Naquele momento, o porco transformou-se em um esplêndido jovem.

Cabeça-Pequena ficou maravilhada.

– Nada tema – disse o jovem –, eu sou o filho de um rei que a velha odeia, o rei de Munster. Ela tirou-me de meu pai faz sete anos, enfeitiçou-me e fez de mim um porco.

Cabeça-Pequena então contou ao filho do rei o modo como a bruxa a tratava.

– Eu tenho que transformá-lo novamente em um porco – ela disse. – Porque a bruxa está para chegar. Seja paciente que eu o salvarei, se você prometer casar-se comigo.

– Eu lhe prometo – disse o filho do rei.

Então ela o golpeou e ele tornou-se novamente um porco.

Cabeça-Pequena colocou o bastão no lugar. Estava fazendo o seu trabalho, quando as duas irmãs chegaram. O porco comia agora o seu alimento com tranquilidade, pois tinha certeza de que seria resgatado.

– Quem é aquela menina que está em sua casa e onde você a encontrou? – perguntou a irmã.

– Todos os meus filhos morreram de praga e eu a trouxe para me ajudar. Ela é uma boa criada.

À noite, a bruxa dormia num quarto, a irmã num outro e Cabeça-Pequena num terceiro. Quando

Cabeça-Pequena viu que as irmãs dormiam profundamente, roubou o livro mágico da bruxa e depois apanhou o bastão. Foi até o porco e com um só golpe o transformou num homem.

Com a ajuda do livro de magia, Cabeça-Pequena transformou a si mesma e ao filho do rei em pombas e ambos levantaram voo e voaram sem parar. Na manhã seguinte, a bruxa chamou Cabeça-Pequena, mas ela não veio. Correu para fora para ver o porco. Ele tinha desaparecido. Correu para onde estava o seu livro. Nenhum sinal dele.

– Oh! – choramingou ela. – Aquela bandida da Cabeça-Pequena me roubou. Pegou meu livro, fez do porco um homem e o levou com ela.

O que ela poderia fazer agora, a não ser contar toda a história para a irmã?

– Vá – disse ela à irmã –, e encontre-os. Você tem mais poder de feitiçaria do que Cabeça-Pequena.

– E como poderei reconhecê-los? – arguiu a irmã.

– Traga com você as duas primeiras coisas estranhas que encontrar. Eles devem ter se transformado em algo encantado.

A irmã transformou-se num falcão e voou tão veloz quanto o vento de março.

– Olhe para trás – disse Cabeça-Pequena para o filho do rei horas depois. – Veja o que se aproxima.

– Não vejo nada – disse ele –, apenas um falcão vindo velozmente.

– Aquela é a irmã da bruxa. Seu poder de feitiçaria é três vezes maior que o da irmã. Mas vamos descer na vala e debicar nossas penas como os pombos fazem na temporada das chuvas, e talvez ela passe sem nos ver.

O falcão viu os pombos, mas não os achando nada encantados, voou até o entardecer e depois voltou para a casa da irmã.

– Você viu algo encantado?

– Não. Vi apenas dois pombos que estavam debicando as penas.

– Sua idiota, aqueles pombos eram Cabeça--Pequena e o filho do rei. Saia daqui pela manhã e não me deixe vê-la de novo sem ter trazido aqueles dois com você!

O falcão voou uma segunda vez, mais veloz do que Cabeça-Pequena e o filho do rei, e os alcançou. Ao vê-lo, Cabeça-Pequena e o filho do rei desceram em uma vila. Era dia de feira. Eles se transformaram em duas vassouras de urzes, que começaram a varrer as ruas por si mesmas. E varriam uma seguida da outra. Era uma grande maravilha, e uma multidão se juntou ao redor das duas vassouras.

A velha bruxa, voando na forma de um falcão, viu a cena e pensou que as vassouras poderiam ser Cabeça-Pequena e o filho do rei. Desceu, transformou-se em uma mulher e disse para si mesma: "eu terei aquelas duas vassouras".

E ela entrou tão apressada no meio da multidão, que quase derrubou um homem parado perto dela. Ele ficou zangado.

– Sua velha bruxa amaldiçoada – gritou ele –, você pretende nos derrubar? – e a golpeou, fazendo-a cair sobre um outro homem, que lhe deu um empurrão, fazendo-a girar contra um terceiro, e assim por diante, até que, lançada daqui, lançada dali, chegaram quase a lhe tirar a vida, e ela foi afastada das vassouras.

Uma mulher em meio a multidão chamou-lhes a atenção:

– Seria mais certo cortar a cabeça dessa velha bruxa, que tentou nos afastar da graça de Deus, pois foi Deus que enviou as vassouras para varrer o caminho para nós.

– É certo o que você diz – disse outra mulher.

Diante do fato, o povo ficou tão enfurecido quanto é possível, todos dispostos a matar a bruxa. Estavam perto de arrancar-lhe a cabeça, quando ela se transformou num falcão e voou para longe, jurando terminantemente jamais voltar a fazer outro trabalho para a irmã. Ela que fizesse o trabalho por si mesma ou que o deixasse sem fazer.

Quando o falcão desapareceu, as duas vassouras de urzes se levantaram e se transformaram em pombos. O povo, ao presenciar aquela transformação, teve certeza de que os pombos eram uma bênção do céu e que tinha sido a bruxa que os fizera ir embora.

No dia seguinte, Cabeça-Pequena e o filho do rei viram o castelo do pai dele, e desceram não muito diferentes de suas formas originais.

Cabeça-Pequena era agora uma linda mulher, e por que não? Ela possuía a magia e não se privaria dela. Fez-se tão linda quanto poderia ficar. Uma beleza como a dela jamais fora vista naquele reino ou em qualquer outro.

O filho do rei ficou apaixonado naquele minuto e não desejava separar-se dela, mas ela não iria com ele:

– Quando você estiver no castelo de seu pai – disse Cabeça-Pequena –, todos ficarão felicíssimos por ver você, e o rei dará uma grande festa em sua honra. Se você beijar alguém ou deixar qualquer ser vivente beijá-lo, você me esquecerá para sempre.

– Não deixarei nem mesmo minha mãe beijar--me – disse.

O filho do rei seguiu para o castelo. Todos se regozijaram. Julgavam-no morto, pois não o viam havia sete anos, mas ele não podia deixar ninguém se aproximar para beijá-lo.

– Estou preso a um juramento de não beijar ninguém – disse para a mãe.

Naquele momento, um velho cão cinza se aproximou e, com um salto, chegou até o seu ombro e lambeu sua face. Tudo o que o filho do rei passara naqueles sete anos foi esquecido no mesmo instante.

Cabeça-Pequena foi na direção da fundição próxima do castelo. O ferreiro tinha uma esposa muito mais jovem do que ele e uma enteada. Elas não eram bonitas. Nos fundos da fundição, havia uma fonte e uma árvore às suas margens. "Subirei na árvore", pensou Cabeça Pequena, "e ali passarei a noite". E assim fez. Não fazia muito tempo que estava na árvore, quando a lua despontou acima das colinas e iluminou a superfície da fonte. A enteada do ferreiro veio buscar água e viu, refletido na fonte, o rosto de Cabeça-Pequena. Pensando que era o próprio rosto, gritou:

– Aqui estou eu apanhando água para um ferreiro, e sou tão linda. Nunca mais levarei uma gota de água para ele.

Dito isso, ela atirou o balde na fonte e foi embora, em busca de um filho de rei para se casar.

Quando viu que ela não trazia água, e, esperando lavar-se após um dia de trabalho na fundição, o ferreiro mandou a esposa. Ela tinha apenas uma jarra para pegar água e saiu com ela. Ao chegar à fonte, viu o rosto maravilhoso refletido na água.

– Oh, seu ferreiro encardido, vilão queimado de uma figa! – bradou ela. – Má hora a em que eu o encontrei! Eu, que sou tão bela. Nunca mais levo a você uma gota de água, nem que disso dependa a sua vida!

Ela jogou a jarra, quebrou-a e apressou-se para encontrar um filho de rei.

Quando nem a mãe nem a filha voltaram com a água, o próprio ferreiro foi ver o que as impediu. Ele viu o balde na vala, apanhou-o e foi até à fonte. Ao olhar para baixo, viu a linda face de uma mulher refletida na água. Sendo um homem, soube que aquele rosto não era seu. Olhou então para o alto e viu a jovem na árvore. Dirigindo-se a ela, disse:

– Agora sei por que minha esposa e minha filha não me trouxeram água. Elas viram o seu rosto refletido na fonte e, pensando que eram bonitas demais para mim, foram embora. Deve agora tomar conta da minha casa até que eu as encontre.

– Eu o ajudarei – disse Cabeça-Pequena. Desceu então da árvore, foi para a casa do ferreiro e indicou--lhe o caminho que as mulheres seguiram.

O ferreiro apressou-se no encalço de ambas e as encontrou numa vila a dez milhas dali. Explicou--lhes a tolice que fizeram e elas voltaram para casa.

A mãe e a filha lavavam as roupas finas do castelo. Cabeça-Pequena, um dia, as viu passando a ferro e disse:

– Sentem-se, eu passarei para vocês.

Ela apanhou o ferro e em apenas uma hora tinha pronto todo o trabalho do dia.

As mulheres ficaram fascinadas. Ao anoitecer, a filha levou as roupas para uma criada do castelo.

– Quem passou estas roupas? – indagou a criada.

– Minha mãe e eu.

– Certamente que não. Vocês não são capazes de fazer um trabalho desses. Portanto, diga-me quem o fez.

Receosa, a moça respondeu:

– Foi uma moça que se hospedou em nossa casa que passou as roupas.

A criada foi até a rainha e mostrou-lhe as roupas:

– Traga essa moça para o castelo – disse a rainha.

Cabeça-Pequena foi e a rainha a recebeu muito bem. Maravilhada com a sua beleza, colocou-a entre as donzelas do castelo. Cabeça-Pequena poderia fazer o que quisesse. Todos se afeiçoaram a ela. O filho do rei não sabia que já a tinha conhecido, e ela já vivia no castelo havia um ano. O que a rainha lhe pedia, ela fazia.

O rei tinha feito um acordo de casamento entre seu filho e a filha do Rei de Ulster. Houve uma grande festa no castelo em honra ao jovem casal, e o casamento aconteceria dentro de uma semana. O pai da noiva convocou entre seu povo aqueles que eram versados em todos os tipos de truques e feitiços.

O rei sabia que Cabeça-Pequena era capaz de fazer muitas coisas, pois não havia nada que ele próprio ou a rainha pedissem que ela não fizesse num piscar de olhos.

– Veja – disse o rei para a rainha –, penso que ela pode fazer algo que aquele povo não consegue fazer.

Ele convocou então Cabeça-Pequena e lhe perguntou:

– Você aceitaria entreter os estrangeiros?

– Se é o que deseja, farei como quer.

Quando chegou o momento, depois que os homens de Ulster já tinham exibido seus melhores truques, Cabeça-Pequena apresentou-se. Subiu à janela, que ficava a 40 pés do chão, levando na mão uma pequena bola de linha. Amarrou uma ponta da linha na janela e arremessou a bola bem longe, até uma parede próxima ao castelo. Depois passou para o lado de fora da janela, andou sobre a linha e ali ficou parada por um tempo durante o qual se ouvia uma melodia cujos músicos que tocavam ninguém podia ver. Depois entrou. Todos se regozijaram com ela e ficaram soberbamente maravilhados.

– Eu posso fazer isso – disse a filha do Rei de Ulster –, e saltou para a corda. Mas acabou caindo e quebrando o pescoço nas pedras. Houve choro, lamentação e, no lugar de um casamento, houve um funeral.

Furioso e magoado, o filho do Rei desejou mandar Cabeça-Pequena embora do castelo.

– Ela não teve culpa – disse o rei de Munster, que gostava da moça.

E mais um ano se passou. O rei conseguiu dessa vez a filha do rei de Connacht para seu filho. Aconteceu uma grande festa antes do dia do casamento e, como o povo de Connacht era plenamente hábil em encantamentos e feitiçarias, o rei de Munster chamou Cabeça-Pequena e lhe disse:

– Agora mostre o seu melhor truque.

– Eu mostrarei – disse Cabeça-Pequena.

Quando a festa terminou e os homens de Connacht já tinham exibido os seus truques, o Rei de Munster chamou Cabeça-Pequena.

Ela se posicionou diante da plateia, jogou dois grãos de trigo no chão e falou algumas palavras mágicas. Surgiram um galo e uma galinha diante dela, ambos com lindas plumagens. Ela jogou um grão de trigo entre eles. A galinha avançou para comê-lo, o galo deu-lhe uma bicada. A galinha voltou-se, olhou para ele e disse:

– A má sorte te acompanhe. Você não agiu desse modo no tempo em que eu servia a velha bruxa. Você era um porco, e eu te transformei em um homem e te trouxe à forma original.

O filho do rei olhou para ela e pensou: "Deve haver alguma coisa por trás disso".

Cabeça-Pequena jogou um segundo grão. Novamente o galo bicou a galinha:

– Oh! – disse a galinha – Você não fez isso no dia em que a irmã da bruxa estava nos caçando e éramos dois pombos.

O filho do rei ficou ainda mais espantado.

Ela jogou o terceiro grão. O galo bicou a galinha e ela disse:

– Você não fez isso no dia em que transformei nós dois em vassouras de urzes.

Ela jogou um quarto grão. O galo bicou a galinha pela quarta vez.

– Você não agiu assim no dia em que me prometeu não deixar nenhuma criatura vivente beijá-lo, ou você mesmo não beijar ninguém que não fosse eu. Você deixou que o cão te beijasse e esqueceu-se de mim.

O filho do rei saltou na frente de Cabeça-Pequena. Ele a abraçou e a beijou, depois contou ao rei toda a história, do princípio ao fim.

– Esta é a minha esposa – disse ele. – Não me casarei com nenhuma outra mulher.

– E de quem minha filha será esposa? – indagou o rei de Connacht.

– Ora, ela será a esposa do homem que com ela se casará – disse o rei de Munster. – Meu filho deu sua palavra para essa moça antes de conhecer a sua filha; portanto, ele tem de cumpri-la.

E assim Cabeça-Pequena se casou com o filho do rei de Munster.

A HISTÓRIA DE DEIRDRE

Era uma vez na Irlanda um homem chamado Malcolm Harper. Era um homem bom e correto, e tinha uma boa porção dos bens deste mundo. Ele tinha uma esposa, mas não tinha filhos. Malcolm ouvira dizer que um adivinho chegara à cidade, e, como era um homem correto, solicitou a presença do adivinho em sua casa. Se foi convidado ou veio por si só, não importa, o fato é que o adivinho foi à casa de Malcolm.

– Você está fazendo previsões? – disse Malcolm.
– Sim, um pouco. Você está precisando de algumas?

– Bem, eu não me importo de ouvir suas previsões, se você tiver algumas para mim e quiser fazê-las.

– Então eu vou fazê-las para você. Que tipo de previsões você quer?

– Bem, eu gostaria que você me falasse sobre o meu destino, ou o que vai acontecer comigo, se puder me informar.

– Eu vou sair e, quando voltar, contarei tudo a você.

E o adivinho saiu da casa e não ficou muito tempo fora; logo voltou.

– Bem – disse o adivinho –, eu vi, com a minha clarividência, que, por causa de uma filha sua, será derramada a maior quantidade de sangue jamais derramada em Erin desde o início dos tempos. E os três heróis mais famosos que já existiram vão perder suas cabeças por causa dela.

Depois de algum tempo, Malcolm teve uma filha e não permitiu que nenhum ser vivo se aproximasse de sua casa, a não ser ele mesmo e a babá. E pediu a essa mulher:

–Você poderia criar essa criança mantendo-a escondida, num lugar onde ninguém possa colocar os olhos nela e ninguém possa ouvir uma palavra a seu respeito?

A mulher disse que sim, então Malcolm contratou três homens e levou-os a uma grande montanha, distante e longe do alcance de qualquer um e sem ninguém saber de nada. Lá ele mandou que cavassem um buraco no meio de um outeiro redondo e verde, e cobrissem a cavidade cuidadosamente para que duas pessoas pudessem morar ali juntas. Isso foi feito.

Deirdre e sua mãe adotiva habitaram o esconderijo no meio das colinas sem o conhecimento ou a suspeita de nenhuma pessoa viva ao seu redor, e sem que acontecesse nada até Deirdre completar 16 anos de idade.

Ela crescia como o broto das árvores, pura e saudável como o rebento no musgo. Era a criatura de formas mais belas, de aspecto mais adorável e de natureza mais gentil que já existiu entre a terra e o céu em toda a Irlanda – qualquer que fosse a cor das

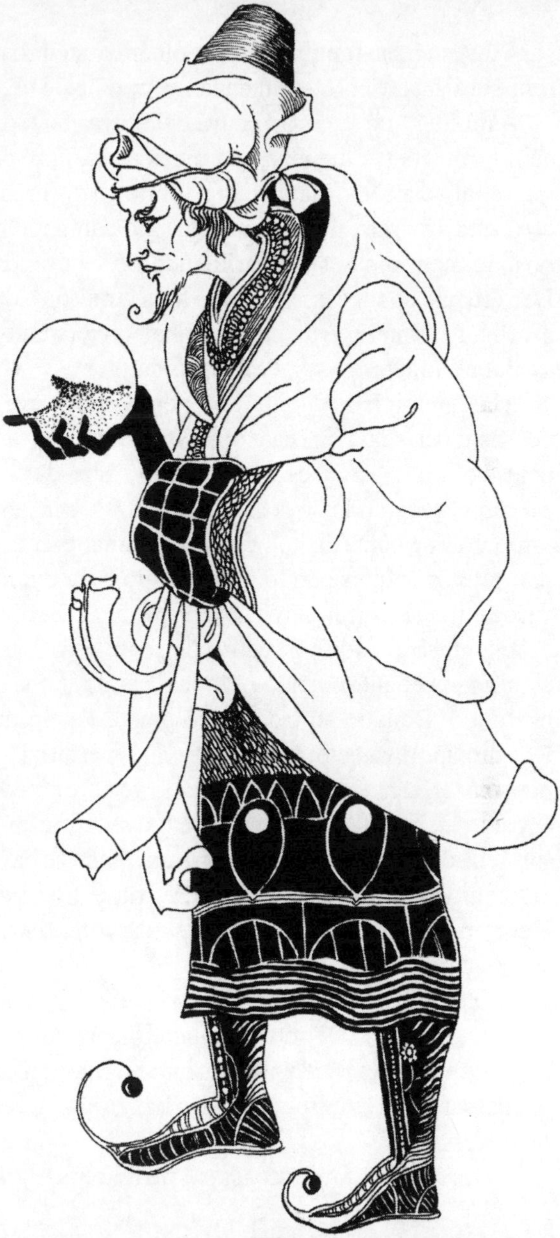

suas faces antes, ninguém podia olhar em seu rosto sem que estas se cobrissem de um vermelho de fogo.

A mulher que se encarregava dela dera-lhe todas as informações e lhe ensinara todas as habilidades que conhecia. Não havia uma folhinha de grama crescendo da raiz, nem um passarinho cantando no bosque, nem uma estrela brilhando no céu de que Deirdre não conhecesse o nome. Mas uma coisa que a velha não queria era ver a menina conversar com nenhum homem que vivesse além dali.

Mas, numa triste noite de inverno com nuvens negras e cerradas, um caçador caminhava cansado pelas colinas e aconteceu de perder o rastro da caça e o rumo, separando-se dos companheiros. Um certo torpor tomou conta do homem ao caminhar esgotado nas colinas, e ele se deitou ao lado do belo outeiro verde em que Deirdre vivia e adormeceu. O homem estava enfraquecido por causa da fome e da longa caminhada e, entorpecido pelo frio, caiu num sono profundo. Deitado ao lado da colina verde em que Deirdre morava, ele teve um sonho perturbador, pensou ter sentido o calor de uma torre de pedra encantada, com fadas dentro dela tocando músicas. Em seu sonho, o caçador gritou perguntando se havia alguém dentro da torre e se o deixaria entrar, pelo amor do Ser Sagrado. Deirdre ouviu a voz e disse à sua mãe adotiva:

– Oh, mãe adotiva, que grito é esse?

– Não é nada, Deirdre, somente os pássaros no ar perdidos, procurando uns aos outros. Mas deixe--os passar à clareira frondosa, não há abrigo ou casa para eles aqui.

– Oh, mãe adotiva, o pássaro pediu para entrar,

pelo amor do Deus dos Elementos, e você mesma me disse que deveríamos fazer qualquer coisa solicitada em Seu nome. Se você quer que o pássaro fique paralisado de frio e morto de fome, não posso levar muito a sério sua linguagem ou sua fé. Mas como acredito em sua linguagem, em sua fé e nas coisas que você me ensinou, eu mesma vou deixar o pássaro entrar.

Então Deirdre se levantou, puxou a tranca da porta e deixou o caçador entrar. Ofereceu-lhe um lugar para sentar no lugar de sentar, comida no lugar de comer e bebida no lugar de beber, para o homem que veio à sua casa.

– Oh, em troca desta acolhida, mantenha sua língua quieta! – disse a velha. – Não é difícil para você manter a boca fechada e a língua quieta quando consegue uma casa e um abrigo numa melancólica noite de inverno.

– Tudo bem – disse o caçador –, vou fazer isso, manter minha boca fechada e minha língua quieta, pois vim a esta casa e recebi hospitalidade de sua parte. Mas, pela mão de seu pai e pela mão de seu avô, e pelas suas duas mãos, se alguma outra pessoa no mundo vir essa bela criatura que você esconde, não vai mais deixá-la aqui com você, eu aposto.

– Que homens são esses aos quais você se refere? – disse Deirdre.

– Eu lhe direi, ó jovem – disse o caçador. – Eles são Naois, filho de Uisnech, e Allen e Arden, seus dois irmãos.

– Como são esses homens, se chegarmos a vê-los? – disse Deirdre.

– Bem, o aspecto e a forma desses homens – disse o caçador – são os seguintes: eles têm a cor do corvo em seus cabelos, suas peles são brancas como o cisne nas ondas do lago, suas faces são como o sangue do novilho vermelho malhado, suas velocidades e seus saltos são como os do salmão na correnteza do rio e do veado da encosta cinzenta da montanha. E Naois tem a cabeça e os ombros bem acima do resto das pessoas de Erin.

– Seja lá como eles forem – disse a preceptora –, vá embora daqui e pegue outro rumo. E, ó rei da luz e do sol, em boa sina e certeza, não lhe serei grata, nem a você nem a ela, por tê-lo deixado entrar!

O caçador foi embora e foi direto ao palácio do rei Connachar. Mandou um recado ao rei dizendo que desejava lhe falar, se assim o permitisse. O rei respondeu à mensagem e saiu para falar com o homem.

– Qual é o motivo da sua visita? – indagou o rei ao caçador.

– Tenho que lhe dizer, ó rei – disse o caçador –, que eu vi a mais bela criatura que já nasceu em Erin, e eu vim lhe falar dela.

– Quem é essa beleza, e onde pode ser vista, se nunca foi vista antes de você vê-la, se é que a viu?

– Bem, eu a vi, sim – disse o caçador –, mas se eu a vi, nenhum outro homem poderá vê-la, a menos que receba minhas indicações sobre o local em que ela está morando.

– E você me indicaria o lugar em que ela mora? A recompensa será tão boa quanto a que lhe darei agora por esta mensagem – disse o rei.

– Bem, eu vou lhe dar a indicação, ó rei, apesar de possivelmente não ser o que elas querem – disse o caçador.

Connachar, rei de Ulster, mandou chamar seus homens de confiança e lhes falou de sua intenção. Por mais cedo que se tenha ouvido o canto dos pássaros no meio das grutas rochosas e a música deles dentro das grutas, mais cedo ainda Connachar, rei de Ulster, se pôs a caminho com sua pequena tropa de amigos queridos, na agradável alvorada do fresco e suave mês de maio. O orvalho ainda pesava em cada arbusto, em cada flor e cada talo, quando eles foram buscar Deirdre no outeiro verde em que ela morava. Muitos rapazes jovens no meio deles, com o passo ágil e resoluto ao iniciar a caminhada, tinham agora ao chegar ao abrigo um passo fraco, hesitante e trôpego, por causa do longo caminho e da estrada cheia de dificuldades.

– Vejam agora, lá no fundo da ravina está a choupana em que mora a mulher, mas não vou me aproximar mais por causa da velha – disse o caçador.

Connachar com seu bando de amigos desceu até o outeiro verde em que morava Deirdre e bateu na porta da choupana. A preceptora respondeu:

– Nada, a não ser um comando do rei e um exército do rei me faria sair da minha choupana esta noite. E eu lhe agradeceria muito se me dissesse quem é e por que deseja que eu abra a porta da minha casa.

– Sou eu, Connachar, rei de Ulster.

Quando a pobre mulher ouviu quem estava à

sua porta, ela se levantou num ímpeto e deixou o rei entrar e todos os de seu séquito que coubessem ali dentro.

Quando o rei viu a jovem que viera buscar diante de si, pensou nunca ter visto à luz do dia nem nos sonhos da noite uma criatura tão bela quanto Deirdre, e ele sentiu todo o seu coração cheio de amor por ela. Deirdre foi erguida para o alto dos ombros dos heróis, e ela e sua mãe adotiva foram trazidas à corte do rei Connachar de Ulster.

Com o amor que Connachar sentia por ela, quis casar-se naquele mesmo instante, quisesse ela ou não. Mas ela lhe disse:

– Eu lhe agradeceria muito se você me desse o prazo de um ano e um dia.

E ele disse:

– Está bem, apesar de para mim ser muito difícil esperar, eu lhe concedo esse tempo, mas só se prometer casar-se comigo no final desse prazo.

E ela prometeu. Connachar arrumou-lhe uma professora e algumas criadas alegres e modestas, que se deitariam e acordariam ao seu lado, brincariam e conversariam com ela. Deirdre era esperta nas tarefas domésticas e uma mulher compreensiva. E Connachar pensou nunca ter visto com seus olhos uma criatura que lhe agradasse tanto.

Um dia, Deirdre e suas companheiras estavam no outeiro atrás da casa observando a paisagem e bebericando ao calor do sol, quando viram se aproximar três homens a pé. Deirdre ficou olhando para os homens, imaginando quem seriam. Quando eles chegaram mais perto, Deirdre lembrou-se das palavras do caçador e disse a si mesma que com certeza eram os três filhos de Uisnech, e um deles era Naois, que tinha os ombros mais altos do que os de qualquer outro homem de Erin. Os três irmãos passaram por elas sem notá-las, sem dar nenhuma espiadela nas jovens sobre o outeiro.

Mas acontece que o amor por Naois tomou de assalto o coração de Deirdre, e ela não conseguiu deixar de segui-lo. Amarrou o cinto de sua vestimenta e foi atrás dos homens que passaram pela base do outeiro, deixando suas ajudantes para trás. Allen e Arden já tinham ouvido falar da mulher que Connachar, rei de Ulster, tinha consigo. Acharam que se Naois, seu irmão, a visse, iria querê-la para si, especialmente porque ela não estava ainda casada com o rei. Perceberam a aproximação da mulher e pediram aos outros que apressassem o passo, pois tinham um longo trajeto pela frente e a penumbra da noite estava chegando. Foi o que eles fizeram.

Então Deirdre gritou:

– Naois, filho de Uisnech, você vai me abandonar?

– Mas que grito dolorido é esse, o mais melodioso que meu ouvido já ouviu e o mais pungente que já atingiu meu coração, entre todos os gritos que já ouvi?

– Não é nada além do lamento dos cisnes de Connachar – disseram seus irmãos.

– Não! É um grito de tristeza de uma mulher – disse Naois.

E ele jurou que não prosseguiria até ver quem dera o grito e retornou.

Naois e Deirdre se encontraram, e Deirdre beijou Naois três vezes, e deu um beijo em cada um de seus irmãos. No meio da confusão em que se metera, Deirdre enrubesceu como uma chama de fogo, e seu rubor ia e vinha tão rapidamente quanto o movimento do álamo tremedor às margens do córrego. Naois pensou que nunca vira criatura mais bela e sentiu por Deirdre o amor que nunca sentira por coisa, visão ou criatura além de si mesmo.

Então Naois colocou Deirdre no alto de seus ombros, disse aos irmãos que mantivessem o passo, e eles o mantiveram. Naois achou que não seria bom ficarem em Erin por causa do modo como Connachar, o rei de Ulster, filho de seu tio, poderia atacá-lo por ter roubado-lhe a mulher, apesar de não ser casado com ela. Então voltou a Alba, isto é, à Escócia. Alcançou as margens do Lago Ness e montou sua casa ali. Podia pescar o salmão do rio junto à sua porta e caçar os veados de garganta sombria bem abaixo da sua janela. Naois, Deirdre, Allen e Arden passaram a morar numa torre e foram felizes pelo tempo que estiveram ali.

Mas chegava ao fim o prazo que Deirdre pedira a Connachar, rei de Ulster para se casar com ele. Connachar resolveu retomar Deirdre pela espada, estivesse ela casada ou não com Naois. Então ele preparou uma grande e esplendorosa festa. Enviou mensagens para todos os cantos de Erin, para que toda a sua parentela viesse à festa. Connachar pensou consigo mesmo que Naois não viria, apesar de tê-lo convidado. E o plano que veio à sua mente foi mandar chamar o irmão de seu pai, Ferchar Mac Ro, e pedir-lhe que fosse falar com Naois. E foi o que ele fez.

Connachar disse a Ferchar:

– Diga a Naois, filho de Uisnech, que realizarei uma grande e esplendorosa festa para meus amigos e meus parentes de todo o vasto país de Erin, e que não descansarei, nem de dia nem de noite, nem dormirei à noite, se ele, Allen e Arden não participarem da festa.

Ferchar Mac Ro e seus três filhos se puseram a caminho e chegaram à torre em que Naois morava, ao lado do Lago. Os filhos de Uisnech deram gentis boas-vindas a Ferchar Mac Ro e seus três filhos, e pediram-lhe notícias de Erin.

– A melhor notícia que tenho para vocês – disse o intrépido herói – é que Connachar, rei de Ulster, realizará uma grande e suntuosa festa para seus amigos e parentes de todo o extenso país de Erin. E ele jurou pela terra sob os seus pés, pelo céu lá no alto acima dele e pelo sol que se põe no oeste que não descansará de dia nem dormirá à noite se os filhos de Uisnech, os filhos do próprio irmão de seu pai, não retornarem ao país de seu lar e à sua terra natal, e não forem à festa, pois foi para isso que ele nos enviou, para convidá-los.

– Iremos com você – disse Naois.

– Nós iremos – disseram seus irmãos.

Mas Deirdre não queria ir com Ferchar Mac Ro, e tentou de todas as maneiras convencer Naois a não ir com ele. Ela disse:

– Tive uma visão, Naois, interprete-a para mim – disse Deirdre.

E então cantou:

Ó Naois, filho de Uisnech, ouça
o que me foi mostrado num sonho.

Três pombas brancas vieram do sul
voando sobre o mar
e tinham gotas de mel em suas bocas.
Mel do favo da abelha.

Ó Naois, filho de Uisnech, ouça
o que me foi mostrado num sonho.

Eu vi três gaviões sinistros vindo do sul
voando sobre o mar,
e as gotas vermelhas que eles levavam na boca
eram mais queridas do que a vida para mim.

E Naois disse:

Não é nada além do medo no coração de uma mulher,
e um sonho noturno, Deirdre.

– O dia em que Connachar nos enviou o convite à sua festa tornar-se-á infeliz para nós se não formos, ó Deirdre.

– Vocês devem ir – disse Ferchar Mac Ro. – E se Connachar for cordial, vocês devem mostrar cordialidade a ele também; se ele for hostil, vocês também deverão demonstrar hostilidade por ele. Eu e meus três filhos estaremos com vocês.

– Estaremos sim – disse Daring Drop (Pingo de Ousadia).

– Estaremos sim – disse Hardy Holly (Azevinho Intrépido).

– Estaremos sim – disse Fiallan The Fair (Fiallan, o Justo).

– Tenho três filhos e eles são três heróis. No caso de qualquer dano ou perigo que os possa ameaçar, eles estarão com vocês. E eu também estarei junto deles.

E Ferchar Mac Ro fez seu juramento e deu sua palavra na presença das suas armas, afirmando que, em caso de algum dano ou perigo que pudesse surgir no caminho dos filhos de Uisnech, ele e seus três filhos não deixariam cabeças sobre corpos vivos em Erin, apesar de todas espadas e elmos, lanças e escudos, punhais e cotas de malha que, por melhores que fossem, se opusessem a eles.

Deirdre não queria deixar Alba, mas foi junto com Naois. Chorava torrentes de lágrimas e cantava:

> *Querido é o país, o país que está logo ali –*
> *Alba, cheia de bosques e lagos –,*
> *deixá-lo torna amargo meu coração.*
> *Mas vou embora com Naois.*

Ferchar Mac Ro não sossegou até conseguir levar os filhos de Uisnech com ele, apesar das suspeitas de Deirdre:

> *O barco foi colocado no mar,*
> *a vela foi içada nele,*
> *e na segunda manhã eles chegaram*
> *às praias brancas de Erin.*

Assim que os filhos de Uisnech aportaram em Erin, Ferchar Mac Ro enviou o recado a Connachar, rei de Ulster, avisando que os homens que ele convidara já haviam chegado, e que ele os recebesse com muita cordialidade.

– Bem – disse Connachar –, eu não esperava que os filhos de Uisnech viessem, apesar de tê-los convidado, e não estou preparado para recebê-los. Mas há uma casa lá embaixo onde hospedo os forasteiros. Deixe-os ir para lá hoje, e minha casa estará pronta para recebê-los amanhã.

Mas Ferchar, que estava no palácio, sentiu que o rei não cumpriria sua palavra sobre as providências para os que estavam na casa dos forasteiros.

– Vá, Gelban Grednach, filho do rei de Lochlin, vá até lá embaixo e traga-me uma informação sobre Deirdre, se ela ainda tem sua antiga formosura e se sua pele ainda tem o belo matiz. Se ainda tiver, vou tomá-la com a lâmina e a ponta da minha espada, e se não, deixe Naois, filho de Uisnech, ficar com ela – disse Connachar.

Gelban, o alegre e encantador filho do rei de Lochlin, desceu até o local em que estavam os forasteiros, Deirdre e os filhos de Uisnech. Ele olhou pelo orifício da porta para Deirdre, que costumava ruborizar quando alguém a olhava. Naois então soube que alguém olhava para ela detrás da porta. Cortou uma lasca de madeira da mesa e enfiou-a pelo orifício, atingindo o olho de Gelban Grednach, o Alegre e Encantador. A lasca passou até a parte detrás da sua cabeça. Gelban voltou ao palácio do rei Connachar.

– Você era alegre e encantador ao ir até lá, mas

está voltando triste e sem encanto. O que aconteceu com você, Gelban? Você a viu, e a aparência de Deirdre é a mesma de antes? – disse Connachar.

– Bem, eu conheci Deirdre e também a vi realmente, mas quando a espiava pelo orifício da porta, Naois, filho de Uisnech, atingiu meu olho com uma lasca de madeira em sua mão. Mas, para dizer a verdade, apesar de ele ter arrancado meu olho, eu gostaria de ter permanecido lá olhando para ela com meu outro olho, se o senhor não me tivesse pedido que voltasse o mais depressa possível – disse Gelban.

– Isso parece ser verdade – disse Connachar. – Mande trezentos bravos heróis ao abrigo dos forasteiros. Que me tragam Deirdre e que matem o resto!

Connachar mandou trezentos ativos heróis ao abrigo dos forasteiros para trazerem Deirdre e matarem o resto.

– As perseguições já começaram – disse Deirdre.

– Sim, mas eu mesmo vou sair e parar com elas – disse Naois.

– Não é você, somos nós que vamos – disseram Daring Drop, Hardy Holly e Fiallan the Fair. – Foi a nós que nosso pai confiou sua proteção contra o dano e o perigo antes de ele voltar para casa.

E os galantes jovens, tão nobres, tão viris, tão belos, com bonitos cachos castanhos, saíram cobertos de armas de batalha apropriadas para lutas ferrenhas, vestidos com roupas de combate apropriadas para combates ferrenhos, e que eram lustrosas, claras, brilhantes, laminadas, cintilantes, nas quais havia muitos desenhos de bestas e pássaros e coisas horripilantes, leões e tigres de membros ágeis, águias pardas, gaviões saqueadores e víboras ferozes. Os jovens heróis derrotaram três terços da companhia do rei.

Connachar saiu furioso, gritando com ódio:

– Quem está aí no campo de batalha, massacrando meus homens?

– Nós, os três filhos de Ferchar Mac Ro.

– Darei passagem livre na ponte a seu avô, a seu pai e a cada um dos três irmãos, se vocês passarem para o meu lado esta noite – disse o rei.

– Bem, Connachar, não aceitaremos essa sua oferta, nem lhe agradeceremos por ela. Preferimos voltar para a casa de nosso pai e contar-lhe sobre as nossas façanhas heroicas a aceitar qualquer coisa de você nesses termos. Naois, filho de Uisnech, e Allen e Arden são tão parentes seus quanto nossos, apesar de você ser tão cruel a ponto de querer derramar seu sangue e o nosso também, Connachar.

E os nobres, viris e formosos jovens, com belos cachos castanhos, voltaram para dentro da casa.

– Agora – disseram eles –, nós vamos para casa contar ao nosso pai que vocês estão salvos das mãos do rei.

E os jovens, viçosos, altos, ágeis e belos, foram para a casa do pai contar-lhe que os filhos de Uisnech estavam a salvo. Isso aconteceu no fim do dia, na hora do crepúsculo da noite, e

Naois disse que deveriam partir, deixar aquela casa e voltar para Alba.

Naois, Deirdre, Allan e Arden iniciaram a viagem de volta a Alba. Chegou aos ouvidos do rei que o grupo que ele perseguia tinha ido embora. Então o rei mandou chamar o druida Duanan Gacha, o seu melhor mago, e disse o seguinte:

– Gastei muitas riquezas com você, ó druida Duanan Gacha, para que você aprendesse as coisas e obtivesse conhecimentos sobre os mistérios da magia, enquanto essa gente vai embora daqui hoje sem se preocupar, sem consideração ou respeito por mim, sem que eu tivesse oportunidade de alcançá-los ou o poder de pará-los.

– Eu vou pará-los – disse o mago –, até que o grupo que você enviou em sua perseguição retorne.

E o mago colocou uma floresta na frente deles, pela qual nenhum homem poderia passar, mas os filhos de Uisnech marcharam através da floresta sem parar nem hesitar, e Deirdre segurou com força a mão de Naois.

– De que adiantou isso? Não funcionou – disse Connachar.

– Eles foram embora sem dar folga aos pés nem interromper seus passos, sem consideração ou respeito por mim, e eu estou sem o poder de alcançá-los ou oportunidade de fazê-los voltar esta noite.

– Vou tentar outra tática para pegá-los – disse o druida –, e colocou diante deles um mar sinistro no lugar de uma planície verdejante. Os três heróis rasgaram suas roupas e as amarraram atrás de suas cabeças, e Naois colocou Deirdre sobre seus ombros.

*Enfrentaram a correnteza
e o mar e a terra eram o mesmo para eles.
O rude oceano era o mesmo
que a campina verdejante e plana.*

– Apesar de ser uma boa tática, ó Duanan, ela não vai fazer os heróis retornarem – disse Connachar. – Eles se foram sem consideração por mim, sem respeito por mim e sem que eu tivesse o poder de persegui-los ou de forçá-los a retornar esta noite.

– Devemos tentar outro método, pois nenhum dos que usamos conseguiu pará-los – disse o druida. Então o druida congelou o sinistro mar encrespado, que ficou cheio de blocos rígidos de gelo, com arestas afiadas como aquelas das espadas de um lado e o poder do veneno das víboras de outro. Arden gritou dizendo que estava ficando cansado e que queria desistir.

– Venha Arden – sente-se sobre o meu ombro direito – disse Naois.

Arden foi e sentou-se no ombro de Naois. Arden estava nessa posição já havia algum tempo quando morreu, mas apesar de já estar morto, Naois não quis deixá-lo. Então Allen gritou que estava enfraquecendo e quase desistindo. Quando Naois ouviu sua oração expressando o pungente suspiro da morte, pediu-lhe que segurasse bem nele, pois tentaria levá-lo à terra firme. Mas não demorou muito para que uma fraqueza mortal tomasse conta de Allen e ele não conseguisse mais se segurar. Naois olhou em volta, e quando viu seus dois irmãos muito queridos mortos, não se importou mais se iria viver ou morrer, exalou o amargo suspiro da morte, e seu coração se rompeu.

– Eles se foram – disse o druida Duanan Gacha ao rei. – Eu fiz o que você quis que eu fizesse. Os filhos de Uisnech estão mortos, não vão mais perturbá-lo, e você terá sua esposa salva e ilesa para você.

– Seja abençoado por isso Duanan, e que os bons resultados apareçam para mim. Afinal, não foi perdido o que gastei com o seu aprendizado. Agora desfaça a correnteza e deixe-me ver se posso recuperar Deirdre – disse Connachar.

Então o druida Duanan Gacha desfez a correnteza. Os três filhos de Uisnech estavam deitados ali lado a lado na verdejante planície, mortos, sem nenhum sopro vital, e Deirdre, inclinada sobre eles, estava mergulhada numa torrente de lágrimas.

Então Deirdre soltou seu lamento:

– Meu belo, meu amado, flor de beleza, meu querido garboso e forte, meu amado guerreiro nobre e modesto. Meu belo, de olhos azuis, tão amado por sua mulher, tão encantador para mim, no local de nosso encontro chegava sua clara voz através dos bosques da Irlanda. De agora em diante não conseguirei mais comer nem sorrir. Não arrebente ainda meu coração, pois logo me deitarei em meu túmulo. Fortes são as ondas da tristeza, porém mais forte é a própria tristeza, ó Connachar.

As pessoas se reuniram em volta dos corpos dos heróis e perguntaram a Connachar o que deveria ser feito com eles. A ordem que ele deu foi de que deveriam cavar uma sepultura e colocar os três irmãos nela, lado a lado.

Deirdre continuou sentada na beira da sepultura, pedindo constantemente aos coveiros que cavassem uma cova bem mais ampla e espaçosa. Quando os corpos dos irmãos foram colocados ali, Deirdre disse:

> *Venha para este lado, Naois, meu amor,*
> *deixe Arden repousar perto de Allen.*
> *Se os mortos tivessem qualquer sensibilidade,*
> *você teria deixado um lugar para Deirdre.*

Os homens fizeram o que ela lhes ordenara. Então ela pulou para dentro da cova, se deitou junto de Naois e morreu ao seu lado.

O rei ordenou que o corpo fosse tirado da cova e enterrado na outra margem do lago. Tudo foi feito como o rei pedira, e a sepultura foi fechada. A partir daquele dia um broto de abeto cresceu no túmulo de Deirdre e outro no túmulo de Naois, e os dois brotos se uniram num nó por cima do lago. O rei mandou cortar os brotos, e isso foi feito duas vezes, até que, na terceira vez, a mulher com quem o rei se casara obrigou-o a parar com seus atos malévolos e sua vingança contínua sobre os restos mortais dos que ali jaziam.

GULEESH

Era uma vez um rapaz que morava no Condado de Mayo. Guleesh era o seu nome. O mais belo monte fortificado ficava a pouca distância do frontão de sua casa, e ele tinha o hábito de muitas vezes sentar-se sobre o belo barranco de grama ao seu redor. Uma noite, apoiado sobre o frontão da casa, olhava para o céu, observando a bela lua branca por cima de sua cabeça. Depois de ficar nessa posição por algumas horas, disse a si mesmo: "É uma grande tristeza eu não ter ido embora deste lugar. Gostaria de estar em qualquer outro lugar do mundo, mas não aqui. Bom mesmo é ser como você, lua branca", disse ele, "que fica circulando, circulando, do jeito que gosta, e nenhum homem consegue detê-la. Eu gostaria de ser como você".

Mal as palavras saíram de sua boca, ouviu um grande barulho como o som de muitas pessoas correndo juntas, falando e rindo, zombando umas das outras. O barulho passou por ele como um redemoinho, e ele ficou ouvindo enquanto o som entrava monte adentro.

– Por minha alma – disse ele –, vocês estão muito alegres, e eu vou segui-los.

Eram hostes de duendes, apesar de ele não ter se apercebido logo disso, e ele seguiu-os. Lá ele ouviu a *fulparnee*, a *folpornee*, a *rap-lay-hoota* e a *roolya--boolya*,[1] que vinham de lá, e cada um dos homens gritou o mais alto que podia:

– Meu cavalo, os arreios e a sela! Meu cavalo, os arreios e a sela!

– Está aí – disse Guleesh –, meu rapaz, nada mal. Vou imitá-los – e gritou alto como eles. – Meu cavalo, os arreios e a sela! Meu cavalo, os arreios e a sela!

E no mesmo instante surgiu um belo cavalo com um arreio de ouro e uma sela de prata bem diante dele. Ele saltou para cima do animal e no mesmo instante viu claramente que o monte estava cheio de cavalos e de gente miúda montada neles. Um dos homens disse a ele:

– Você vem conosco esta noite, Guleesh?

– Certamente – disse Guleesh.

– Então venha – disse o homenzinho.

E saíram todos juntos, cavalgando como o vento, mais velozes do que os mais velozes cavalos que você já viu nas caçadas, mais velozes do que a raposa e os cães que a perseguem.

Eles dominaram o frio vento do inverno à sua frente, e o vento frio do inverno atrás deles não os

---

[1] Estilos de música dos povos mágicos, como fadas e duendes. (N. do E.)

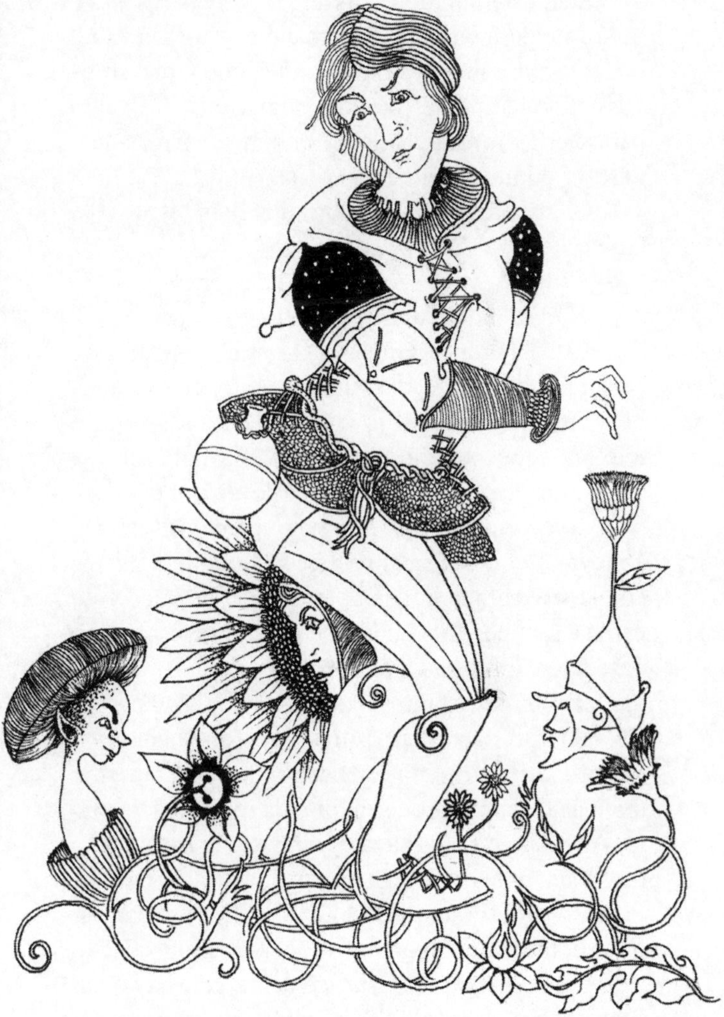

dominou. Sem parar a corrida, não fizeram uma única pausa até chegarem à orla do mar.

Então cada um deles disse:

– Eia, para cima! Eia, para cima! – e no mesmo instante subiram para o ar, e antes que Guleesh tivesse tido tempo de ver onde estava, eles desceram para a terra firme novamente e continuaram a viagem velozes como o vento.

Finalmente pararam, e um dos homens disse a Guleesh:

– Guleesh, você sabe onde está agora?

– Não sei não – disse Guleesh.

– Está na França, Guleesh – disse ele. – A filha do rei da França vai se casar hoje à noite, ela é a mais bela mulher que o sol já viu, e precisamos fazer o máximo que pudermos para levá-la conosco, se conseguirmos carregá-la. E você deverá vir conosco para colocarmos a jovem na garupa de seu cavalo ao levá-la embora, pois não é conveniente para nós colocá-la sentada atrás dos nossos. Mas você é de carne e sangue, e ela poderá se segurar bem em você para não cair do cavalo. Está satisfeito, Guleesh, e vai fazer o que estamos dizendo-lhe?

– Por que não estaria satisfeito? – disse Guleesh. – Estou satisfeito, com certeza, e tudo o que você me mandar fazer eu farei, sem dúvida nenhuma.

Apearam de seus cavalos. Um dos homens disse uma palavra que Guleesh não entendeu e, no mesmo instante, eles foram içados. E Guleesh se encontrou, junto com seus companheiros, no interior do palácio. Lá dentro uma grande festa acontecia. Não havia um único nobre ou cavalheiro do reino que não estivesse presente, vestido de cetim e seda, ouro e prata.

A noite estava brilhante como o dia, com todas as luminárias e velas acesas, e Guleesh teve de fechar os dois olhos por causa da claridade. Quando os abriu de novo e olhou em volta, pensou que nunca vira algo tão belo como o que estava vendo ali. Havia umas cem mesas espalhadas pelo recinto e cada uma delas estava cheia de comes e bebes, bolos e doces, vinhos e cervejas e todas as bebidas que um homem já viu. Os músicos estavam nas duas extremidades do salão e tocavam a mais doce música que os ouvidos de um homem já ouviram. Havia jovens mulheres e homens no meio do salão, dançando e rodopiando, rodopiando veloz e levemente. Havia muitos jogos e muitas pessoas fazendo graças e rindo, pois uma festa como aquela não acontecia na França havia mais de vinte anos, porque o velho rei não tinha filhos vivos, só aquela filha, e ela ia se casar com o filho de outro rei naquela noite. A festa já durava três dias, e na terceira noite ela deveria se casar. Era justamente a noite em que Guleesh e os duendes haviam chegado, esperando, se pudessem, levar consigo a jovem filha do rei.

Guleesh e seus companheiros estavam na extremidade do salão, onde havia um belo altar decorado e dois bispos atrás dele aguardando para casarem a jovem, tão logo chegasse o momento certo. Ninguém conseguia ver os duendes, pois eles haviam pronunciado uma palavra mágica ao entrarem no salão, que os deixara invisíveis como se nem estivessem ali.

– Diga-me qual delas é a filha do rei – disse Guleesh, quando começou a se acostumar ao barulho e à luz.

– Não consegue vê-la ali, diante de você? – disse

o pequeno homem a quem dirigira a palavra.

Guleesh olhou para o local que o homenzinho apontava com o dedo, e ali ele viu a mulher mais adorável que já existiu em todo o mundo, pensou ele. A rosa e o lírio competiam em sua face, e não se podia dizer qual deles venceria. Seus braços e suas mãos eram alvos como a cal, sua boca vermelha como um morango maduro, seu pé pequeno e leve como a mão de alguém, seu corpo era esbelto e suave, seu cabelo caía da cabeça em madeixas de ouro, seu vestido era tecido em ouro e prata, e a reluzente pedra do anel em sua mão brilhava como o sol. Guleesh ficou quase cego com toda a beleza e a graça que irradiavam dela; mas quando olhou de novo, viu que havia traços de lágrimas em seus olhos e que ela estava chorando.

– Não pode ser – disse Guleesh – que haja tristeza nela, quando todos ao seu redor estão tão alegres e felizes.

– Ela está mesmo triste – disse o homenzinho –, pois é contra a sua vontade que está se casando; não sente amor pelo homem com quem vai se casar. O rei ia dá-la em casamento há três anos, quando ela tinha somente 15 anos de idade, mas ela disse que era jovem demais e pediu ao pai que esperasse passar mais alguns anos. O rei lhe deu um ano e depois outro, mas não quis lhe dar nem mais uma semana, nem um dia além disso, pois nesta noite ela completa

18 anos, e já é tempo de se casar. Mas de fato – disse ele, torcendo a boca de um jeito horrível –, de fato, ela não vai se casar com nenhum filho de rei, se depender de mim.

Guleesh compadeceu-se muito da jovem senhora quando ouviu isso, e quebrava-lhe o coração pensar que seria necessário para ela casar-se com um homem de quem não gostava, ou, o que era pior, ter como marido um duende horroroso. Não disse uma palavra, porém não conseguiu deixar de maldizer a má sorte que lhe era destinada, por estar ajudando as pessoas que iriam raptá-la de seu lar e de seu pai.

Começou a pensar no que poderia fazer para salvá-la. Mas não pôde encontrar o meio:

– Oh! Se eu pudesse ajudá-la e dar-lhe alívio – pensou –, não me preocuparia se vivesse ou morresse, mas não vejo nada que possa fazer por ela.

Ele viu o filho do rei aproximar-se dela e pedir-lhe um beijo, mas ela afastou a cabeça. Então Guleesh ficou com ainda mais pena dela quando viu o rapaz pegar em sua mãozinha suave e branca e a levar para dançar. Enquanto dançavam, rodopiaram perto do lugar em que Guleesh se encontrava, e ele pôde ver claramente que havia lágrimas em seus olhos.

Quando a dança terminou, o velho rei, seu pai e sua mãe, a rainha, aproximaram-se e disseram que aquele era o momento certo para o casamento, que o bispo estava pronto, que estava na hora de colocarem o anel no dedo da noiva e passarem-na ao seu marido.

O rei e a rainha conduziram a jovem pela mão e

foram todos juntos até o altar, seguidos pelos nobres e por pessoas importantes.

Quando chegaram perto do altar e se encontravam a não mais de cerca de quatro metros dele, o pequeno duende esticou o pé diante da jovem e ela caiu no chão. Antes que ela fosse capaz de se levantar, ele jogou algo sobre ela, disse algumas palavras e, naquele mesmo instante, a donzela sumiu do meio deles. Ninguém conseguia vê-la, pois aquelas palavras haviam-na tornado invisível. O pequeno duende segurou-a e levantou-a por trás de Guleesh. Nem o rei nem ninguém os viu, e lá foram eles através do salão até chegarem à porta de saída.

Oh! Virgem Santíssima! Foi um Deus nos acuda, um turbilhão, gritos, espanto, todos procurando a jovem desaparecida diante dos olhares dos presentes, sem que tivessem visto o que provocara aquilo. Os fugitivos passaram pela porta sem que ninguém os detivesse ou os impedisse, pois ninguém os viu, e cada um dos homens disse:

– Meu cavalo, os arreios e a sela!

– Meu cavalo, os arreios e a sela! – disse Guleesh.

No mesmo instante, o cavalo estava na sua frente, pronto para ser montado.

– Agora salte para cima, Guleesh – disse o homenzinho –, coloque a jovem na garupa, e então iremos embora. O amanhecer não está distante de nós agora.

Guleesh a ergueu até a garupa do cavalo e saltou para cima da sela, dizendo:

– Eia, cavalo – e seu cavalo e os outros cavalos também começaram a correr até chegarem ao mar.

– Para cima! – disse cada um dos homens.

– Para cima! – disse Guleesh.

E no mesmo instante o cavalo subiu e deu um salto nas nuvens, só descendo em Erin.

Não pararam ali, mas correram até o local em que se encontravam a casa de Guleesh e o monte. E quando já estavam quase chegando, Guleesh mudou de direção, pegou a jovem em seus braços e desceu do cavalo.

– Eu evoco e faço o sinal da cruz em você para que seja minha, em nome de Deus! – disse ele.

E ali mesmo, antes que a palavra saísse de sua boca, o cavalo caiu no chão, e o que havia dentro dele era na verdade o tirante de um arado, do qual eles haviam feito um cavalo. Todos os outros cavalos também haviam sido feitos desse jeito. Alguns estavam cavalgando velhas vassouras, outros, galhos quebrados, e outros, ainda, talos de cicuta.

Ao ouvirem o que Guleesh dissera, os duendes gritaram:

– Oh! Guleesh, seu palhaço, ladrão, que nenhum bem aconteça a você. Por que você aplicou esse golpe em nós?

Mas eles não tinham o poder de pegar a jovem, depois que Guleesh a consagrara para si mesmo.

– Oh! Guleesh, não foi uma boa coisa que você nos fez, nós que sempre fomos tão gentis com você. Que vantagem temos nós agora por termos viajado à França? Mas não se preocupe, seu palhaço, você nos pagará por isso. Acredite, você vai se arrepender.

– Não conseguirá nada de bom dessa jovem – disse o pequeno homem que falara com ele no palácio antes. E, ao dizer isso, aproximou-se dela e lhe deu um tapa na lateral da cabeça.

– Agora – disse ele –, ela não vai mais falar. E então, Guleesh, que utilidade ela terá para você, muda desse jeito? Está na hora de irmos embora, mas juro que vai se lembrar de nós!

Ao dizer isso, estendeu as duas mãos e, antes que Guleesh fosse capaz de dar uma reposta, ele e o restante dos duendes haviam desaparecido dentro do monte, fora de sua vista, e ele não mais os viu.

Guleesh virou-se para a jovem e disse:

– Graças a Deus eles se foram. Você não prefere ficar comigo, em vez de ficar com eles?

Ela não respondeu.

"Ainda está perturbada e triste", disse Guleesh para si mesmo, e falou-lhe novamente:

– Temo que você tenha de passar esta noite na casa de meu pai, senhora, e se há algo que eu possa fazer por você, diga-me, eu serei seu criado.

A bela jovem permaneceu em silêncio, mas havia lágrimas em seus olhos, e suas faces ficavam pálidas e coradas alternadamente.

– Senhora – disse Guleesh –, diga-me o que você gostaria que eu fizesse agora. Eu nunca pertenci a esse bando de duendes que raptou você. Sou filho de um honesto fazendeiro e fui com eles sem saber de nada. Se eu conseguir enviá-la de volta a seu pai eu o farei, e peço-lhe que agora faça o que quiser de mim.

Ele olhou para a sua face e viu sua boca movendo-se como se fosse falar, mas nenhuma palavra saiu dela.

– Não pode ser – disse Guleesh – que você esteja realmente muda. Pois eu não ouvi você falar com o filho do rei no palácio esta noite? Ou será que o demônio realmente fez você ficar muda quando bateu a mão horrorosa em seu maxilar?

A jovem ergueu a suave mão branca e colocou o dedo sobre a língua, para mostrar-lhe que perdera a voz e o poder da fala. As lágrimas correram de seus olhos como fontes, e os próprios olhos de Guleesh ficaram úmidos, pois por mais rude que fosse exteriormente, ele tinha um coração brando e não aguentava ver a jovem naquela aflição.

Começou a pensar no que deveria fazer. Não gostaria de levá-la consigo à casa de seu pai, pois sabia muito bem que não acreditariam nele, na história de que estivera na França e trouxera a filha do rei. Tinha medo de que zombassem da jovem senhora ou a insultassem.

Enquanto pensava no que deveria fazer e hesitava, lembrou-se do padre. "Graças a Deus", pensou ele, "agora eu sei o que vou fazer, eu a levarei à casa do padre, ele não se negará a hospedá-la e cuidar dela".

Virou-se novamente para a jovem e disse-lhe que não queria levá-la à casa do pai, mas que vivia no lugar um padre excelente, muito gentil, que tomaria conta dela, se ela quisesse ficar na casa dele. Mas se houvesse qualquer outro lugar no qual ela preferisse ficar, ele a levaria até lá.

A jovem inclinou a cabeça para lhe mostrar que concordava e o fez entender que estava pronta a segui-lo a qualquer lugar.

– Então vamos à casa do padre – disse ele. – Ele me deve um favor e fará qualquer coisa que eu pedir. Então foram até a casa do padre. O sol estava quase nascendo quando chegaram à porta. Guleesh bateu com força e, mesmo cedo como era, o padre já estava de pé e abriu a porta. Espantou-se ao ver Guleesh e a jovem, pois tinha certeza de que eles tinham vindo para se casar.

– Guleesh, Guleesh, um rapaz tão gentil como você não pode esperar até as dez horas ou até o meio-dia, mas precisa vir até aqui a essa hora para se casar, você e sua namorada? Vocês deveriam saber que não posso casá-los a essa hora, ou, em qualquer caso, não posso casá-los legalmente. Mas, oh! – disse ele subitamente ao olhar novamente para a jovem. – Em nome de Deus, quem é você? Quem é ela? Como você a conseguiu?

– Padre – disse Guleesh –, o senhor pode me casar, ou a qualquer outra pessoa, se quiser; porém não foi atrás de casamento que vim até aqui agora, mas para lhe pedir, por favor, que hospede em sua casa esta jovem senhora.

O padre olhou para ele como se ele tivesse dez cabeças, mas sem perguntar mais nada, convidou-o a entrar e, quando os dois entraram, ele fechou a porta, trouxe-os à sala de visitas e fez com que se sentassem.

– Agora, Guleesh – disse ele –, conte-me a verdade, quem é essa jovem senhora? Você realmente perdeu a razão ou está só brincando comigo?

– Não estou dizendo uma única palavra de mentira nem brincando com o senhor – disse Guleesh –; mas foi do palácio do rei da França que eu trouxe essa jovem senhora. Ela é a filha do rei da França.

Então ele começou a contar a história toda ao padre, e este ficou tão surpreso que não conseguiu evitar interrompê-lo de vez em quando ou bater palmas.

Quando Guleesh falou sobre o que tinha visto, que a jovem não estava satisfeita com o casamento que aconteceria no palácio e que os duendes o interromperam, as faces da jovem ficaram coradas e mais do que nunca ele teve certeza de que, por pior que ela estivesse agora, preferia estar assim do que ser a esposa do homem que odiava. Quando Guleesh disse que seria muito grato ao padre se ele a mantivesse em sua própria casa, o gentil sacerdote disse que o faria enquanto Guleesh assim o quisesse, mas que não sabia o que deveriam fazer com ela, porque não tinham meios de enviá-la de volta ao seu pai.

Guleesh respondeu que sentia o mesmo e que não sabia o que poderia fazer além de permanecer quieto até que encontrasse alguma oportunidade de fazer algo melhor. Então combinaram que o padre diria às pessoas que ela era filha de um irmão seu, que viera visitá-lo, vindo de outro distrito, e que ele contaria a todos que ela era muda, e faria o possível para mantê-los longe dela. Contaram à jovem o que tencionavam fazer, e, com o olhar, ela mostrou que concordava com eles.

Então Guleesh foi para casa e, quando seus familiares perguntaram onde estivera, ele disse que adormecera aos pés do fosso e passara a noite ali.

Os vizinhos do padre ficaram muito espantados com a jovem que chegara à sua casa tão repentinamente, sem que ninguém soubesse de onde ela viera, ou o que viera fazer. Algumas pessoas diziam que as coisas não eram como deveriam ser, e outras ainda que Guleesh não era mais o mesmo homem de antes e que aquela história era muito estranha, pois ele ia todos os dias à casa do padre, e o padre tinha um enorme respeito por ele, coisas que eles não conseguiam explicar.

De fato isso era verdade, pois era raro o dia em que Guleesh não fosse à casa do padre para conversar com ele, e todas as vezes em que ia lá esperava encontrar a jovem bem novamente, capaz de falar. Mas, oh!, ela permanecia muda e silenciosa, sem sinais de alívio ou cura. Como não tinha outros meios de falar, realizava uma espécie de conversa entre ela e ele, movendo as mãos e os dedos, piscando os olhos, abrindo e fechando a boca, rindo e sorrindo e usando milhares de outros sinais, por isso não demorou muito para que se entendessem muito bem. Guleesh ficava sempre pensando como poderia enviá-la de volta a seu pai, mas não havia ninguém que pudesse ir com ela, e ele mesmo nem sabia que caminho deveria tomar, pois nunca estivera fora de seu país antes da noite em que a trouxera consigo. O padre também não sabia das coisas mais do que ele, mas Guleesh pediu-lhe que escrevesse três ou quatro cartas ao rei da França e que as entregasse a compradores e vendedores de mercadorias que costumavam viajar de um lugar a outro atravessando o mar. Mas todas se perderam, e nunca uma delas chegou às mãos do rei.

Assim continuaram por muitos meses. Guleesh estava cada vez mais apaixonado por ela e, a cada dia que passava, ficava mais claro para ele e o padre que ela também gostava dele. O rapaz temia muito que, caso o rei efetivamente ficasse sabendo do local em que se encontrava a filha, ele a tomasse de volta. Então pediu ao padre que não escrevesse mais e que deixasse a questão nas mãos de Deus.

Assim passou-se um ano, até o dia em que Guleesh, deitado sobre a grama, no último dia do último mês do outono, começou a pensar novamente em tudo o que lhe acontecera desde o dia em que atravessara o mar com os duendes. Lembrou-se então subitamente de que isso acontecera numa noite de novembro, em que se apoiava no frontão da casa e vira chegar aquele redemoinho com os duendes dentro dele. Então disse a si mesmo: "Hoje é a noite de novembro de novo, vou ficar no mesmo local em que estive no ano passado para ver se aquela boa gente aparece de novo. Talvez eu possa ver ou ouvir algo útil para mim, e possa devolver a fala a Mary" – era este o nome com que ele e o padre chamavam a filha do rei, pois nenhum deles conhecia seu nome de verdade. Então ele contou ao padre qual era a sua intenção, e este lhe deu a sua bênção.

E assim Guleesh foi até o velho monte quando chegou a noite e ficou ali com o cotovelo apoiado numa velha rocha cinzenta, esperando chegar a meia-noite. A lua subia no céu lentamente; era como um outeiro de fogo por trás dele. Havia uma névoa branca que subia dos campos de grama e de todos os locais úmidos, através da frescura da noite, depois do grande calor do dia. A noite estava calma como um lago, quando não há brisa para encrespar a água, formando ondas, e não se ouvia nenhum som além do zumbido dos insetos, que passavam de tempos em tempos, ou o súbito grito dos gansos selvagens ao passarem voando de um lago a outro a meia milha no ar sobre sua cabeça, ou o agudo assobio da tarambola dourada e verde, subindo e deitando, deitando e subindo, como costuma fazer nas noites calmas. Havia milhares e milhares de estrelas brilhantes sobre sua cabeça, e caía uma leve geada, que deixou a grama sob os seus pés esbranquiçada e quebradiça.

Ele ficou lá, de pé, por uma hora, duas horas, três horas. A geada aumentou muito, a ponto de se ouvir em as gotas congeladas sob seus pés quando se mexia. Ficou refletindo e achou finalmente que os duendes não viriam naquela noite, que seria bom que ele voltasse, quando ouviu um som ao longe vindo em sua direção. E já no primeiro momento reconheceu o que era. O som aumentou. No início, era como o choque das ondas numa praia rochosa e, depois, como uma tempestade barulhenta no topo das árvores. E então o redemoinho passou veloz para dentro do monte, com os duendes dentro dele.

Tudo aquilo passou tão depressa que ele até perdeu o fôlego, mas logo voltou a si e apurou os ouvidos para escutar o que eles iam dizer.

Mal tinham se reunido no monte quando todos começaram a gritar, vociferar e falar entre si. Então cada um deles gritou:

– Meu cavalo, os arreios e a sela! Meu cavalo, os arreios e a sela!

Guleesh, tomando coragem, falou tão alto quanto qualquer um deles:

– Meu cavalo, os arreios e a sela! Meu cavalo, os arreios e a sela!

Mas, antes que as palavras tivessem saído de sua boca, outro homem falou:

– Ora, Guleesh, meu rapaz, você está aqui conosco de novo? Como está se saindo com sua mulher? Não adianta chamar seu cavalo esta noite. Aposto que não vai conseguir usar aquele seu truque de novo. Foi um bom truque aquele que você nos aplicou no ano passado, não foi?

– Foi sim – disse outro homem –, mas ele não o fará de novo.

– Ele não é mais aquele mesmo bom rapaz!

– Levar uma mulher que nunca disse a ele mais do que "Como vai?" desde aquela época no ano passado! – disse um terceiro.

– Talvez ele goste de ficar olhando para ela – disse outra voz.

– E se o *omadawn*[2] soubesse que há uma erva crescendo junto à sua porta e que se ele a ferver e der à jovem ela poderá ficar curada? – disse outra voz.

– É verdade. Ele é um *omadawn*. Não fique se preocupando com ele, vamos embora.

– Vamos deixar o *bodach*[3] do jeito que está.

---

[2] O mesmo que tolo, idiota. (N. do E.)

[3] *Bodach* é um animal mítico das ilhas britânicas. Chamar alguém de *bodach* tanto pode ser elogioso quanto pejorativo, depende do contexto. (N. do E.)

Dizendo isso, eles subiram no ar e saíram no meio de um turbilhão do mesmo modo como haviam chegado. Deixaram o pobre Guleesh ali, de pé, onde o haviam encontrado, com os dois olhos esbugalhados olhando para eles atônito.

Ele não ficou muito tempo ali. Pôs-se de volta, pensando em tudo o que tinha visto e ouvido, imaginando se haveria mesmo uma erva junto à sua porta que pudesse devolver a fala à filha do rei. "Não pode ser", disse ele a si mesmo, "que contassem isso para mim se a erva realmente tivesse esse poder. Mas talvez o duende não tenha se dado conta quando deixou as palavras escaparem de sua boca. Assim que o sol nascer, vou procurar bem para ver se há alguma planta crescendo ao lado da casa, algo que não seja cardo ou labresto."[4]

Então foi para casa, e mesmo cansado como estava, não pregou o olho até o sol nascer de manhã. Levantou-se e a primeira coisa que fez foi sair e procurar bem no meio do capim em volta da casa, tentando encontrar qualquer erva que não conhecesse. E de fato, não procurou muito tempo, quando notou uma grande e estranha erva crescendo justamente ao lado do frontão da casa.

Foi até o local e observou atentamente. Viu que

---

[4] Cardo: planta pertence à família das *Asteraceae*; é considerada a flor nacional da Escócia. Labresto: nome popular da planta *Lampsana communis*, nativa da Europa e do norte da Ásia. O autor, aqui, provavelmente faz referência à polularidade dessas plantas na região. Talvez fosse comum encontrá-las em frente à maioria das portas. (N. do E.)

havia sete pequenos ramos saindo do talo e sete folhas crescendo em cada um desses raminhos e que havia uma seiva branca nas folhas. "É espantoso", disse a si mesmo, "que eu nunca tivesse notado essa erva antes. Se houver mesmo algum poder numa erva, com certeza deve estar dentro de uma erva estranha como essa".

Ele pegou sua faca, cortou a planta e levou-a para casa. Tirou as folhas, cortou o talo, e uma seiva espessa e branca saiu dela, como a seiva de um cardo quando é macerado, só que a seiva dessa erva era mais como um óleo.

Colocou-o numa pequena caçarola com um pouco de água e pôs no fogo até a água ferver, pegou uma xícara, encheu-a até a metade com o preparado e levou-o à própria boca. Então pensou que talvez pudesse ser um veneno, e que a boa gente estaria só tentando-o para que se matasse com esse truque ou que matasse a jovem sem querer. Colocou a xícara de volta, pegou algumas gotas com as pontas dos dedos e levou à boca. Não era amargo, de fato, tinha até um gosto doce e agradável. Criou coragem e tomou todo um gole, depois outro tanto de novo e não parou até ter bebido metade da xícara. Depois disso ele adormeceu e só acordou à noite sentindo muita fome e muita sede.

Teve que esperar até o dia nascer, mas estava determinado, assim que acordasse de manhã, a ir ao encontro da filha do rei e lhe dar a bebida feita com a seiva da erva.

Tão logo levantou de manhã, foi à casa do padre com a bebida na mão. Nunca se sentira tão animado e valente e de espírito tão leve como naquele dia.

Tinha quase certeza de que fora aquela bebida que o deixara tão alegre.

Quando chegou a casa, encontrou o padre e a jovem senhora preocupados, imaginando por que ele não viera visitá-los nos dois últimos dias.

Guleesh contou-lhes todas as novidades, disse que tinha certeza de que aquela erva tinha poderes curativos e que não faria mal à jovem, pois ele mesmo a provara e lhe fizera bem. Fez com que ela a provasse, insistindo e dizendo e jurando que não lhe faria mal. Estendeu-lhe a xícara e ela bebeu metade do preparado. Depois caiu sobre a cama e adormeceu profundamente. Não acordou até o dia raiar de manhã.

Guleesh e o padre ficaram sentados junto dela a noite toda esperando que acordasse, aflitos entre a esperança e a desesperança, entre a expectativa de salvá-la e o medo de fazer-lhe mal.

Finalmente ela acordou, quando o sol já se encontrava na metade de seu caminho através dos céus. Ela esfregou os olhos e parecia alguém que não sabia muito bem onde estava. Pareceu espantada ao ver Guleesh e o padre junto dela no quarto, e sentou-se, esforçando-se para organizar seus pensamentos.

Os dois homens estavam muito ansiosos, esperando para ver se ela falaria ou não falaria. Depois de permanecerem em silêncio por alguns minutos, o padre disse:

– Você dormiu bem, Mary?

E ela respondeu:

– Dormi sim, obrigada.

Assim que Guleesh a ouviu falar, soltou um grito de alegria, correu até ela e caiu de joelhos, dizendo:

– Mil agradecimentos a Deus, que lhe devolveu a fala. Senhora do meu coração, fale novamente comigo.

A jovem lhe respondeu dizendo que sabia que fora ele quem preparara aquela poção e a dera a ela para beber; que se sentia grata a ele, de coração, por toda a gentileza que lhe demonstrara desde o primeiro dia em que chegara à Irlanda, e que ele poderia ter certeza de que nunca o esqueceria.

Guleesh estava pronto para morrer de satisfação e prazer. Então trouxeram-lhe alguma comida, ela comeu com muito apetite, estava feliz e alegre, e não parou de falar com o padre enquanto comia.

Depois disso, Guleesh voltou para sua casa, se esticou na cama e adormeceu de novo, pois a força da erva não havia se esgotado ainda. Ele passou mais um dia e uma noite dormindo. Quando acordou, voltou para a casa do padre e descobriu que a jovem estava do mesmo jeito, adormecida desde o momento em que ele deixara a casa.

Entrou no quarto com o padre e ficaram observando-a até ela acordar pela segunda vez, voltando a falar melhor do que nunca e deixando Guleesh muito feliz. O padre colocou a comida na mesa de novo e eles comeram juntos. Depois disso, Guleesh habituou-se a ir até a casa do padre dia após dia, a amizade entre ele e a filha do rei cresceu, pois ela não tinha com quem falar a não ser com Guleesh e o padre, mas ela preferia Guleesh.

E então eles se casaram, tiveram uma bela festa de casamento e, se eu estivesse lá, não estaria aqui agora. Mas ouvi de um passarinho que não houve mais preocupações, nem doenças, nem tristezas, nem adversidades, nem infortúnios na vida deles até a hora de suas mortes. É o que desejo que aconteça comigo e com nós todos!

O PASTOR DE MYDDVAI

Lá nas montanhas negras em Caermarthenshire há um lago chamado Lyn y Van Vach. Às margens desse lago, o pastor de Myddvai conduzia um dia suas ovelhas e resolveu deitar-se enquanto elas pastavam. Subitamente, das águas escuras do lago, ele viu surgirem três donzelas. Sacudindo as claras gotas de seus cabelos e deslizando até a praia, elas começaram a caminhar entre o rebanho. Eram mais do que mortalmente belas, e ele se sentiu cheio de amor por aquela que se aproximou mais dele. Ofereceu-lhe então o pão que levava consigo. Ela o pegou e o provou, e depois cantou para ele:

> *Duro demais é o seu pão.*
> *Não é fácil me cativar.*

E depois saiu correndo para o lago, dando risada. No dia seguinte, ele levou um pão mais macio e esperou pelas donzelas. Quando elas chegaram à praia, ele ofereceu o pão, como antes, e a donzela o provou, dizendo:

> *Cru está o seu pão.*
> *Eu não vou comê-lo.*

E desapareceu novamente no meio das ondas. Pela terceira vez o pastor tentou atrair a donzela, e dessa vez lhe ofereceu o pão dela mesma, que encontrara flutuando perto da praia. Isso a agradou, e ela prometeu tornar-se sua esposa se ele conseguisse reconhecê-la no meio de suas irmãs, no dia seguinte. Quando chegou a hora, o pastor reconheceu seu amor pela tira de sua sandália. Então ela lhe disse que seria uma esposa tão boa para ele quanto qualquer donzela terrena, a menos que ele batesse nela três vezes sem motivo. É claro, ele jurou que isso nunca aconteceria, e ela, tirando do lago três vacas, dois bois e um touro, como seu dote de casamento, foi levada para casa pelo pastor, como sua noiva.

Os anos se passavam e eles eram muito felizes. Nasceram três filhos do pastor com a donzela do lago. Mas um dia, quando iam a um batizado, ela disse ao marido que era muito longe para ir caminhando, então ele lhe disse para ir pegar os cavalos.

– Eu vou – disse ela –, se você me trouxer minhas luvas, que eu deixei em casa.

Mas quando ele voltou com as luvas descobriu que ela não fora buscar os cavalos, então lhe deu um tapinha no ombro com as luvas e disse:

– Vá, vá.

– Este é o primeiro – disse ela.

Numa outra ocasião eles estavam num casamen-

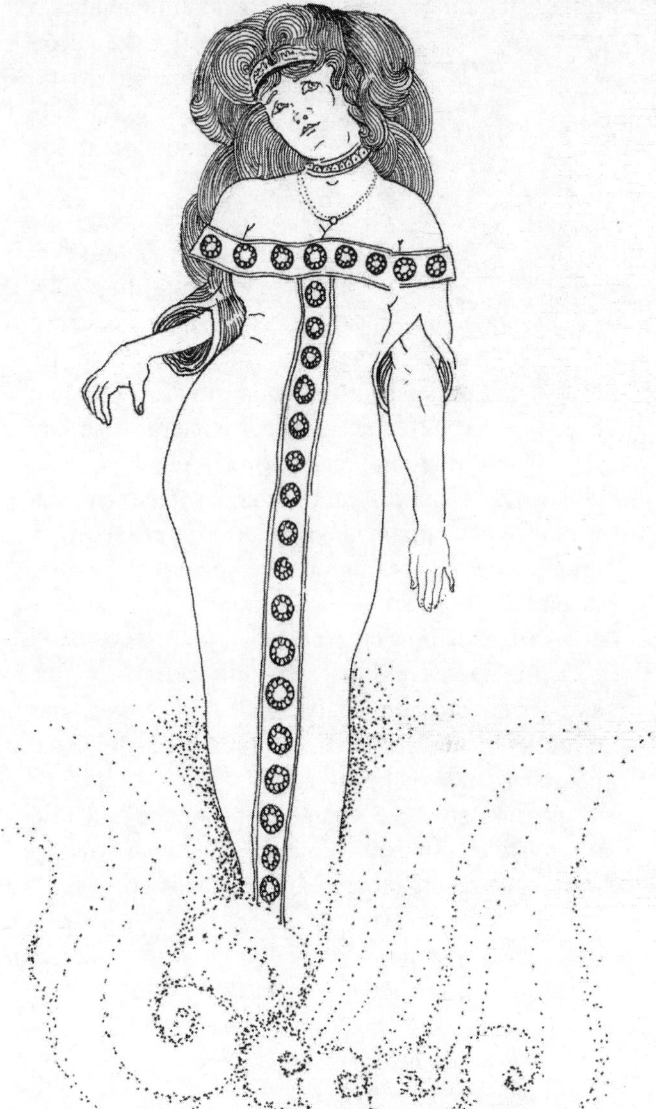

to, quando subitamente a donzela do lago começou a soluçar e a chorar no meio da alegria e da felicidade de todos ao redor.

Seu marido bateu-lhe no ombro e perguntou:

– Por que você está chorando?

– Porque eles vão ter problemas no futuro, e você também vai ter problemas, pois esta é a segunda batida sem motivo que você me dá. Tenha cuidado, a terceira é a última.

– O marido tomou cuidado para não bater nela de novo. Mas um dia, num funeral, subitamente ela irrompeu em gargalhadas. O marido se esqueceu da promessa e tocou-a com certa aspereza no ombro, dizendo:

– Isto são horas de dar risada?

– Eu estou dando risada – disse ela – porque aqueles que morrem se livram dos problemas, mas o seu problema já chegou. A última batida foi dada; nosso casamento chegou ao fim, portanto, adeus.

E com isso ela se levantou, abandonou o velório e foi para a casa deles. Então, olhando em volta da casa, chamou o gado que trouxera consigo:

Vaca malhada, de pintas brancas,
vaca manchada, de manchas fortes,
velha vaca branca, de pelo grisalho,
e touro branco da costa do rei,
boi cinzento, e novilho negro,
Todos, todos, sigam-me até minha casa.

O novilho negro acabara de ser morto, e estava pendurado no gancho; mas conseguiu sair do gancho vivo e bem, e a seguiu. Os bois, apesar de estarem arando a terra, arrastaram o arado junto com eles e atenderam ao seu pedido. Assim ela fugiu para o lago novamente, e mergulhou nas águas escuras com os animais que a seguiam. Até hoje se vê os sulcos deixados pelo arado, ao ser arrastado através das montanhas até o lago.

Só uma vez ela voltou, quando seus filhos haviam crescido e se tornado adultos. Ela então lhes deu os dons da cura, pelos quais eles ganharam o nome de Meddygon Myddvai, os médicos de Myddvai.

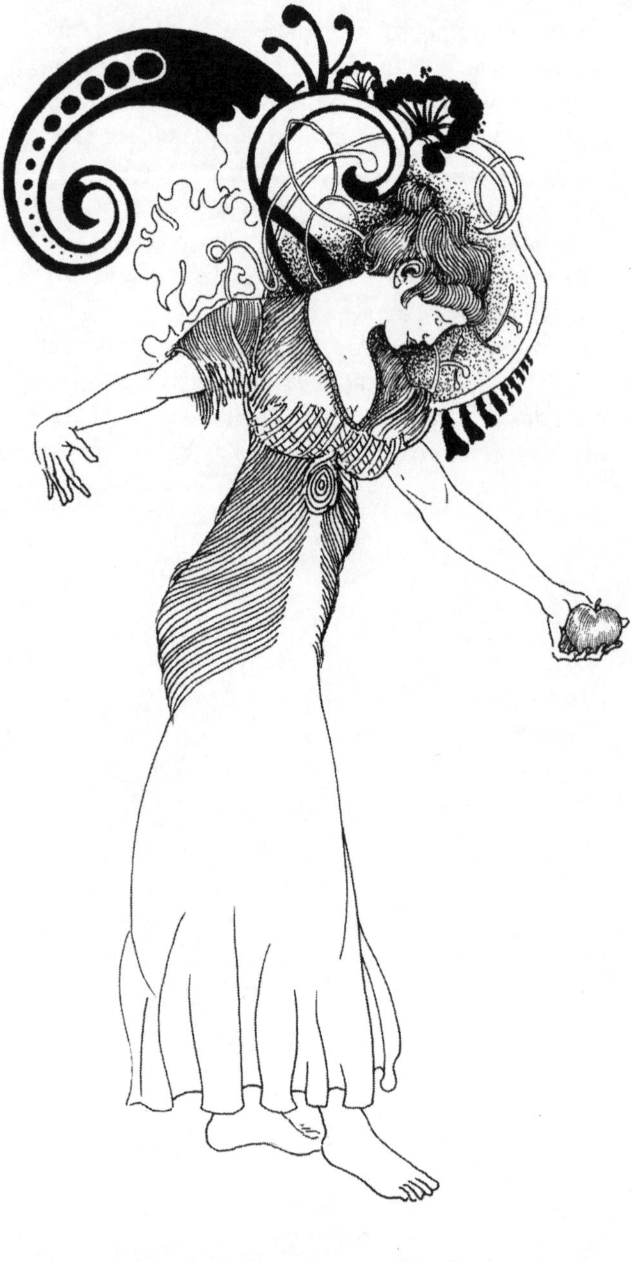

CONNLA E A DONZELA ENCANTADA

Connla do Cabelo de Fogo era filho de Conn das Cem Lutas. Um dia, quando se encontrava ao lado do pai no alto do Usna, viu uma jovem donzela com um estranho traje vindo em sua direção.

– De onde você vem, ó donzela? – disse Connla.

– Eu venho das Planícies dos Sempre Vivos – disse ela –, ali onde não há morte nem pecado. Lá sempre é feriado e não precisamos da ajuda de ninguém para sermos felizes. E em todo nosso prazer não temos brigas. E como temos nossas casas nas redondas colinas verdes, os homens nos chamam de povo da colina.

– Com quem você está falando, meu filho? – disse Conn, o rei.

Então a donzela respondeu:

– Connla está falando com uma bela e jovem donzela, que não tem a morte nem a idade avançada à sua espera. Eu amo Connla e agora eu o chamo para ir à Planície do Prazer, Molly Mell, onde Boadag é rei há muito tempo, e onde não tem havido queixas nem tristezas desde que ele assumiu o reinado. Oh, venha comigo, Connla do Cabelo de Fogo, ruivo como o poente, e com a pele bronzeada. Uma coroa encantada o espera para adornar sua bela face e seu corpo real. Venha, e que sua beleza nunca se desvaneça, nem sua juventude, até o último dia terrível do Juízo Final.

O rei, com medo do que ouvira e do que a donzela dissera, apesar de não poder vê-la, chamou em voz alta o seu Druida, de nome Coran:

– Oh, Coran dos muitos encantamentos e da astuta magia – disse ele –, estou pedindo a sua ajuda. A tarefa é grande demais para minha capacidade e minha astúcia, maior do que qualquer uma imposta a mim desde que assumi o reinado. Uma donzela invisível veio ao nosso encontro e através de seu poder quis levar de mim meu filho muito querido e amado. Se você não me ajudar, ele será levado pelos feitiços e artimanhas femininos.

Então Coran, o druida, deu um passo à frente e pronunciou algumas palavras encantadas na direção do local em que a voz da donzela fora ouvida. Ninguém mais ouviu a voz da jovem, e Connla também nunca mais a viu. Mas ao desaparecer, mediante o poderoso encantamento do druida, ela atirou uma maçã para Connla. Por um mês inteiro, a partir daquele dia, Connla não quis mais comer nem beber nada, a não ser aquela maçã. Mas sempre que ele a mordia, o pedaço que ficava faltando crescia novamente, mantendo-a sempre inteira. E o tempo todo crescia dentro dele um poderoso anseio e um grande desejo pela donzela que havia visto.

Mas quando chegou o último mês de espera, Connla ficou ao lado do rei, seu pai, na Planície de Arcomin, e novamente ele viu a donzela vir ao seu encontro e lhe falar.

– É um lugar glorioso este que Connla possui entre os mortais de vida breve, que aguardam o dia da morte. Mas agora o povo da vida, os que vivem sempre lhe pedem e rogam que venha a Molly Mell, a Planície do Prazer, pois aprenderam a conhecê-lo vendo-o em sua casa entre seus entes queridos.

Quando Conn, o rei, ouviu a voz da donzela, chamou seus homens em voz alta e disse:

– Venha logo, meu druida Coran, pois vejo que hoje ela está de novo com o poder da fala.

Então a donzela disse:

– Ó poderoso Conn, guerreiro das Cem Lutas, o poder do druida não é muito bem-vindo; tem pouca honra nesse país poderoso, com uma população tão honrada. Quando a Lei chegar, acabará com os encantamentos mágicos dos druidas, que vêm dos lábios do falso demônio negro.

Então Conn, o rei, observou que, desde que a donzela chegara, Connla, seu filho, não falara com ninguém. Por isso, Conn das Cem Lutas disse a ele:

– É sua opinião também o que a mulher está dizendo, meu filho?

– É difícil para mim – disse Connla. – Amo meu povo sobre todas as coisas. Mesmo assim, um grande anseio pela donzela me domina.

Quando a donzela ouviu isso, respondeu:

– O oceano não é tão forte quanto as ondas do seu anseio. Venha comigo em minha *curragh*,[5] a brilhante e deslizante canoa de cristal. Logo alcançaremos o reino de Boadag. Vejo o brilhante sol se pondo, e mesmo longe como está, podemos chegar lá antes que escureça. Lá estará, também, outro país que vale a jornada, um país acolhedor para todos os que o buscam. Só esposas e donzelas o habitam. Se você quiser, podemos procurá-lo e viver lá sozinhos, juntos e felizes.

Quando a donzela parou de falar, Connla do Cabelo de Fogo fugiu deles e saltou para dentro da *curragh*, a canoa de cristal brilhante e deslizante. E então todos eles, rei e corte, viram-na deslizar sobre o mar brilhante em direção ao sol poente, afastando--se cada vez mais, até os olhos não conseguirem mais vê-la. Connla e a Donzela Encantada abriram seu caminho no mar, nunca mais foram vistos, e ninguém nunca soube aonde chegaram.

---

[5] Tipo de embarcação produzida com couro esticado sobre armação de madeira, típica da Irlanda e da Escócia. (N. do E.)

A PRINCESA GREGA E
O JOVEM JARDINEIRO

Era uma vez um rei – não sei dizer em que país reinava – que tinha uma filha muito linda. O certo é que ficou velho e adoentado, e os doutores descobriram que o melhor remédio do mundo para ele eram as maçãs de uma macieira que crescia no pomar bem debaixo de sua janela. Por isso, você pode estar certo de que ele tinha a macieira bem guardada, e costumava trazer as maçãs contadas desde o tempo em que ainda estavam do tamanho de um botão. Numa estação de colheita, exatamente quando as maçãs estavam começando a amadurecer, o rei foi despertado uma noite por um bater de asas no pomar. Foi olhar e não viu outra coisa senão um pássaro entre os galhos da macieira. Suas penas eram tão brilhantes, que produziam uma iluminação ao redor delas e, no instante em que viu o rei em suas vestimentas noturnas, apanhou uma maçã e voou.

– Ó, que aborrecedor aquele jardineiro larápio! – disse o rei. – Essa é a maneira como vigia as minhas preciosas frutas!

Ele não dormiu um minuto mais durante o resto da noite; e pela manhã, logo que alguém começou a movimentar-se no palácio, mandou chamar o jardineiro e o repreendeu severamente por seu descuido.

– Fique tranquilo, Vossa Majestade! – disse. – Não perderá outra maçã. Meus três filhos são os melhores atiradores de arco e flecha do reino; nós vamos fazer turnos de vigia durante toda a noite.

Quando anoiteceu, o filho mais velho do jardineiro foi para seu posto levando consigo o arco com o cordão retesado e a flecha entre os dedos. Vigiou e vigiou. Mas, às horas mortas, o rei, que estava totalmente acordado, ouviu um flap-flap de asas e correu para a janela. Lá estava o pássaro luminoso na macieira; e o rapaz, sentado com as costas para a parede e o arco no regaço, estava ferrado no sono:

– Acorde, seu larápio vadio! – disse o rei. – O pássaro novamente, que aborrecedor é!

O pobre moço deu um pulo; mas, enquanto tateava desajeitado o arco e o cordão, o pássaro voou com a mais bela maçã da macieira. Como o rei se encolerizou e lamuriou! E como destratou o jardineiro e o rapaz! E que 24 horas ele passou até a meia-noite seguinte!

Dessa vez, quem mantinha os olhos no pássaro era o segundo filho do jardineiro. Embora o jovem estivesse acordado e bastante vigilante, quando começou a bater meia-noite, antes que o relógio desse a última badalada, o rei viu o rapaz estendido como morto na relva, ouviu o flap-flap das asas novamente

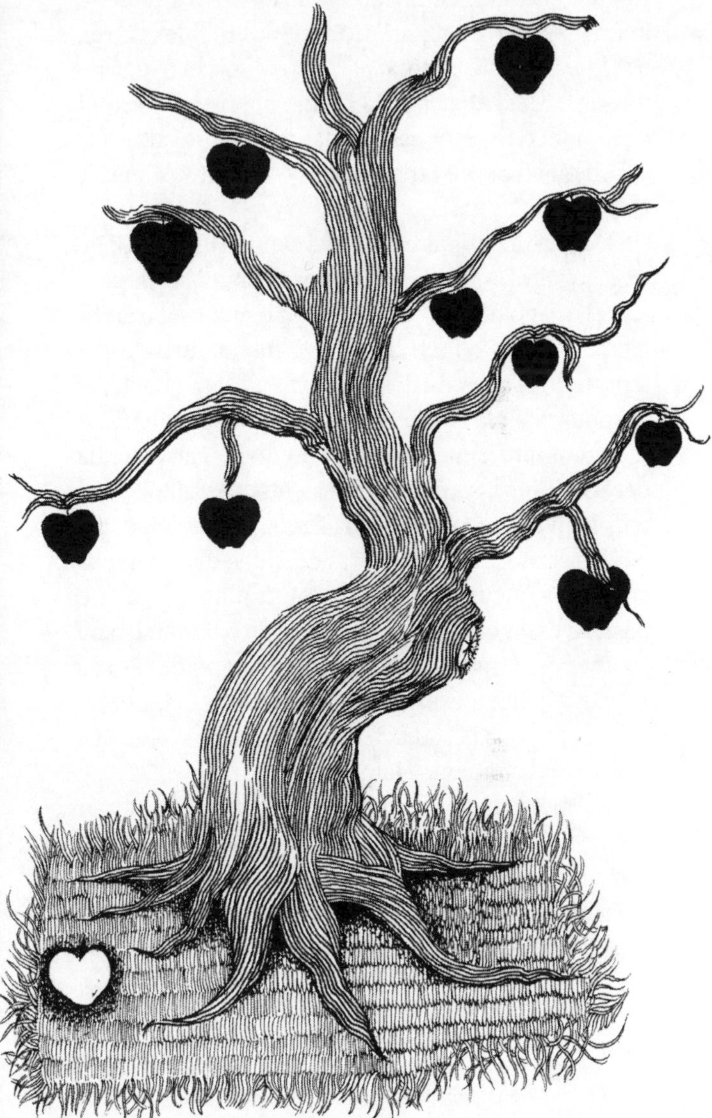

e viu o pássaro luminoso levar embora a terceira maçã. O pobre rapaz acordou com os rugidos do rei, e até foi bastante pontual para arremessar a flecha no pássaro. Mas, você pode confiar, ele não o acertou; e, embora o rei estivesse bastante desnorteado, percebeu que o pobre rapaz estava sob efeito de magia e não podia evitá-la.

De qualquer modo, ele tinha alguma esperança no mais jovem, pois este era corajoso, um rapaz diligente e elogiado por todos. Lá estava o moço de prontidão, e lá estava o rei vigiando o moço, falando-lhe à primeira badalada das doze. Na última badalada, despontou a claridade do pássaro que se refletia na face do muro e nas árvores, ouviu-se a arremetida das asas do pássaro que voava entre os galhos e, no mesmo instante, o assobio da flecha raspando por ele podia ser ouvido a um quarto de milha dali. A flecha caiu, junto flutuou uma grande pena luminosa, e o pássaro escapou com um grito agudo o bastante para romper os tímpanos. Ele não teve tempo de levar a maçã; e, pelos céus!, a pena que caiu no aposento do rei era mais pesada do que chumbo, e viu-se que era do mais fino ouro laminado.

Bem, foi feito um grande *cooramuch*[6] ao mais jovem no dia seguinte, e ele vigiou noite após noite por uma semana, mas nada de pássaro ou pena de pássaro. O rei mandou então que ele fosse para casa dormir. Todos se admiraram da beleza da pena de

---

[6] Festividade típica da Irlanda, equivalente a um banquete. (N. do E.)

ouro mais do que de qualquer outra coisa; o rei, por seu turno, ficou completamente encantado. Ele a girava e girava, passava-a pela testa e pelo nariz durante todo o dia. Por fim, proclamou que daria a filha e metade do reino a quem lhe trouxesse o pássaro de asas de ouro, vivo ou morto.

O filho mais velho do jardineiro tinha a si mesmo em grande conta e partiu em busca do pássaro. Ao entardecer, sentou-se sob uma árvore para descansar e comer um pedaço de pão e carne que trazia no alforje. Nesse lugar, surgiu uma raposa tão bela como as que você encontraria nas tocas de Munfin:[7]

– *Musha*,[8] senhor – disse –, poderia dispor de um pedaço dessa carne para um pobre corpo faminto?

– Bem – disse o outro –, você deve ter seus intentos malignos, sua ladra notória, para fazer-me essa pergunta. Eis a resposta – e arremessou uma flecha contra a raposa.

A flecha zuniu raspando o dorso da raposa, como se ela fosse feita de ferro batido, e cravou-se em uma árvore entre um par de galhos.

---

[7] Referência a uma região da antiga Irlanda. (N. do E.)

[8] Modo tipicamente irlandês de se iniciar uma conversa. (N. do E.)

– Que jogo sujo – disse a raposa –, mas respeito seu irmão mais jovem e te darei um conselho. Ao cair da noite, você chegará a uma vila. De um lado da rua verá um aposento iluminado, repleto de rapazes e moças dançando e bebendo. Do outro lado, verá uma casa com nenhuma luz, exceto a que vem do fogo do aposento da frente, e mais ninguém exceto um homem e sua esposa com seus filhos. Aceite o conselho desta tola aqui e faça pouso nesse lugar.

Com isso, enrolou a cauda sobre os quartos e trotou avante. O rapaz pensou sobre o que a raposa dissera, mas escolheu dançar e beber, e ali o deixaremos.

No fim de uma semana, quando em casa já tinham se cansado de esperá-lo, o segundo filho disse que ia tentar a sorte e partiu. Era tão mau e tolo como seu irmão, e a mesma coisa aconteceu com ele. Passada uma semana, o mais jovem partiu, e também ele sentou-se sob a mesma árvore e pegou seu pão e sua carne. A mesma raposa apareceu e o cumprimentou. E, bem, o jovem rapaz dividiu a refeição com ela, e ela, sem rodeios, lhe contou que sabia tudo sobre seus assuntos.

– Eu o ajudarei – disse – se achar que é uma pessoa decente. Exatamente ao cair da tarde, você chegará a uma vila. Adeus, até amanhã.

Foi tudo o que a raposa disse, e o rapaz cuidou de não ir à casa dos bailadores e beberrões, tocadores de violino e de gaitas. Conseguiu boa acolhida na sossegada casa para o jantar e o repouso e prosseguiu sua jornada na manhã seguinte antes que o sol estivesse acima das árvores.

Não tinha caminhado um quarto de milha quando viu a raposa aparecer na borda da floresta, que ficava ao lado da estrada.

– Bom dia, raposa – disse um.

– Bom dia, senhor – disse a outra. – Você tem alguma ideia de quanto é preciso andar para encontrar o pássaro dourado?

– Não tenho, que diabo de ideia poderia ter?

– Bem, eu tenho. Ele está no palácio do rei da Espanha, que está a 200 boas milhas daqui.

– Ó, minha cara! Teremos uma semana de viagem.

– Não, não teremos. Sente-se em minha cauda e tornaremos o percurso breve e curto.

– Na cauda mesmo?! Seria uma montaria cômica, minha pobre raposa.

– Faça como eu disse ou o abandonarei à própria sorte.

Bem, por mais que isso o incomodasse, montou sobre o rabo que estava estendido plano como uma asa e partiram como um raio. Ultrapassaram o vento diante deles, e o vento que vinha atrás não os pôde ultrapassar. Pararam à tarde em uma floresta, perto do palácio do rei da Espanha, e ali esperaram até o cair da noite.

– Agora – disse a raposa –, vou à frente para tornar dócil o ânimo dos guardas, e você não terá que fazer nada, somente percorrer de salão em salão iluminado até encontrar o pássaro dourado. Se for hábil, você sairá com a gaiola do pássaro e, fora das portas, ninguém poderá pôr as mãos nele ou em você. Se não for, nem eu nem ninguém mais poderá ajudá-lo.

Depois disso, a raposa se dirigiu para as portas do palácio. Passados 15 minutos, o rapaz foi atrás e, no primeiro salão, viu um ajuntamento de guardas a postos, mas todos adormecidos profundamente. No outro, viu doze deles; no seguinte, meia dúzia; no seguinte, três e no aposento além não havia nenhum guarda, nem candeia, nem velas, mas estava iluminado como o dia; pois ali estava o pássaro de ouro, em uma simples gaiola de grades de madeira, e sobre a mesa estavam as três maçãs transformadas em sólido ouro.

Na mesma mesa estava a mais encantadora gaiola de ouro que olhos já puderam ver, e ocorreu ao rapaz que seria uma pena não colocar nela o pássaro precioso, pois a gaiola simples era-lhe tão imprópria. Talvez tenha pensado no dinheiro que ela valia; de qualquer modo, fez a troca e teve logo boas razões para lamentar tê-la feito. No instante em que a ponta das asas roçou as grades de ouro, o pássaro deixou escapar um grito muito agudo, o bastante para estilhaçar todos os vidros das janelas. No mesmo minuto, os três homens, os outros seis e os doze, enfim, todos os homens, acordaram e fizeram ressoar suas espadas e lanças, cercaram o pobre rapaz, insultaram-no, amaldiçoaram-no e imprecaram contra sua casa, de tal modo que ele já não sabia se estava de pés no chão ou de cabeça para baixo. Chamaram o rei e lhe contaram o que tinha acontecido. Este ficou de cenho cerrado.

– A forca é onde você deveria estar agora – disse –, mas darei uma chance de viver a você e também o pássaro de ouro. Te imponho, sob pena de interdição e de restrição, morte e destruição, ir e trazer-me a égua baia do Rei de Morõco, que corre mais que o vento e salta sobre as muradas dos estábulos do palácio. Quando arrebatá-la desse palácio, terá o pássaro de ouro e a liberdade de ir para onde quiser.

O rapaz partiu muito abatido, mas, enquanto ia adiante, apareceu entre os arbustos nada menos que a raposa.

– Ah, meu amigo – disse –, estava certa quando suspeitei que você não tinha a cabeça no lugar. Mas não forçarei sua natureza. Monte sobre minha cauda novamente, e veremos o que fazer quando chegarmos ao palácio do Rei de Morõco.

E assim foram na velocidade de um raio. Ultrapassaram o vento diante deles, e o vento atrás não os pôde ultrapassar.

Bem, a noite veio sobre eles, quando estavam na floresta perto do palácio, e a raposa disse:

– Vou à frente para tornar as coisas fáceis para você no estábulo e, quando estiver trazendo a égua, não a deixe roçar a porta, nem seus batentes, enfim, nada além do chão em que suas patas pisam; e, uma vez no interior do estábulo, se não tiver domínio sobre você, sua situação ficará pior que antes.

O rapaz esperou 15 minutos, e então dirigiu-se para a grande estrebaria do palácio. Lá havia duas fileiras de homens armados e ordenados desde os portões até o estábulo, e todos estavam em profundo sono. O rapaz passou por eles e conseguiu entrar no estábulo. Lá estava a égua, um animal de pernas alongadas, tão vistoso como nunca, e lá estava um cavalariço com uma almofaça nas mãos, outro com as rédeas, outro com uma peneira de aveia, outro com uma braçada de feno, e todos inertes como se fossem talhados de pedra. Além dele, a égua era a única coisa viva ali. Ela portava uma sela simples de madeira e couro, mas uma sela de ouro finamente trabalhada estava pendurada em um mourão. Ele pensou que seria a maior lástima não colocar essa no lugar da outra. Bem, acredito que havia alguma magia nisso; de qualquer modo, ele retirou a outra do animal e colocou a de ouro em seu lugar.

Veio da garganta da égua um guincho agudo, quando ela sentiu o estranho objeto, que poderia ser ouvido de Tombrick a Bunclody.[9] Os homens armados e os cavalariços imediatamente acorreram e cercaram o insensato rapaz. O Rei de Morõco logo apareceu ali junto com os demais, com uma feição tão vermelha como a sola dos seus pés. Depois de ficar se divertindo com os abusos com que trataram o infeliz rapaz durante algum tempo, disse-lhe:

– Você merece a forca por seu atrevimento, mas pouparei sua vida e a da égua também. Imponho-te, sob pena de sofrer toda sorte de proibições e limites, morte e destruição, trazer-me a Princesa dos Cabelos Dourados, a filha do rei dos gregos. Quando entregá-la em minhas mãos, poderá possuir a "filha

---

[9] Referência a regiões da antiga Irlanda. (N. do E.)

do vento", sem restrições. Venha e faça sua refeição e seu descanso, e parta no voo da noite.

O infeliz rapaz estava desalentado e muito envergonhado, você pode acreditar, enquanto avançava na manhã seguinte, quando a raposa, depois de surgir da floresta, o fitou no rosto.

– É o que acontece – disse. – Quando a cabeça não pensa, é o corpo que padece. E agora temos uma aprazível e longa jornada diante de nós até o palácio do rei dos gregos. Lamentavelmente, a mesma de sempre. Suba aqui em minha cauda e faremos a estrada ficar mais curta.

Ele montou na cauda da raposa, e foram velozes como um raio. Ultrapassaram o vento diante deles; o vento que vinha atrás não pôde ultrapassá-los, e ao entardecer estavam comendo pão e carne na floresta perto do castelo.

– Agora – disse a raposa, depois de estarem refeitos –, vou na frente para tornar as coisas fáceis. Siga-me depois de 15 minutos. Não deixe a Princesa dos Cabelos Dourados tocar os umbrais das portas com as mãos, com os cabelos ou com as roupas, e se ela lhe pedir um favor, pense antes de responder. Uma vez fora das portas, ninguém a poderá tomar de você.

O rapaz entrou no palácio na hora oportuna, e ali havia o mesmo número de guardas, os doze, e os seis, e os três, todos de pé e repousando sobre suas armas, todos dormindo profundamente. No aposento mais afastado estava a Princesa dos Cabelos Dourados, tão encantadora como a própria Vênus. Estava adormecida em uma cadeira e seu pai, o Rei dos Gregos, em outra. Ele ficou parado diante dela, quem sabe por quanto tempo, com o amor invadindo profundamente seu coração a cada minuto, até que por fim ele caiu sobre um joelho, tomou-lhe a mão nívea e suave nas suas e a beijou.

Quando ela abriu os olhos, ficou um pouco assustada, mas acredito que não ficou muito zangada, pois o rapaz, como eu o avalio, era um jovem cortês e belo em todos os aspectos e, além disso, havia o amor que você pode bem imaginar estar refletido no rosto dele. Ela perguntou-lhe o que desejava. Ele, gago e ruborizado, por seis vezes principiou a contar sua história e só então ela o entendeu.

– E você me entregaria àquele horrível rei de Morõco? – perguntou-lhe.

– Sou obrigado a fazê-lo – disse –, sob pena de proibições e restrições, morte e destruição, mas terei em minhas mãos a vida dele e te libertarei, ou perderei a minha. Se eu não puder tê-la por esposa, minha vida na terra será breve.

– Bem – disse –, deixe-me, de alguma forma, despedir-me de meu pai.

– Ah, não posso – disse –, todos acordariam e eu seria executado, ou incumbido de outra tarefa pior do que as que já realizei.

Mas ela pediu-lhe que, de qualquer modo, a deixasse beijar o velho pai; que não o acordaria, e depois ela iria. Como ele podia recusar, se seu coração estava enlaçado em cada cacho de seus cabelos? E, ó céus!, no momento em que seus lábios tocaram o rosto do pai, ele deixou escapar um grito, e cada um dos guardas, os doze, acordaram, bateram as armas e foram preparar o patíbulo para o insensato rapaz.

Mas o rei ordenou que contivessem as mãos até que ele pudesse avaliar tudo o que estava acontecendo e, quando ouviu a história do rapaz, deu-lhe uma chance de viver.

– Há um grande monte de argila em frente ao palácio que não deixa a luz do sol bater nos muros, em pleno verão. Todos que já trabalharam nele tiveram duas pás a mais acrescentadas para cada pá que removeram do monte. Remova esse barro e deixarei minha filha ir contigo. Se você for o homem que suponho, acho que ela não correrá o risco de ser esposa daquele *molott*[10] amarelo.

Na manhã seguinte, o rapaz foi equipado para o trabalho, e para cada pá que tirava tinha duas de acréscimo; dificilmente conseguiria se livrar do monte de barro que o rodeava. Ora, o pobre rapaz largou irritado o monte, sentou-se no gramado e ali queixou-se da vergonha que era aquilo. Recomeçou o trabalho em muitos outros lados do monte; em cada um o insucesso era pior que no outro, e na boca da noite, estando ali sentado com as mãos na cabeça, apareceu diante dele nada menos que a raposa.

– Bem, meu pobre rapaz – disse –, você está bastante abatido. Entre. Não direi nada para aumentar seus problemas. Tome sua refeição e faça seu repouso: amanhã será um novo dia.

---

[10] Insulto típico dos povos celtas habitantes da atual Irlanda, provavelmente em idioma anterior ao gaélico atual. (N. do E.)

– Como está indo o trabalho? – perguntou o rei, quando estavam à mesa, no jantar.

– Por minha fé, Majestade – disse o infeliz rapaz –, não está terminado, mas progredindo está. Imagino que amanhã ao pôr do sol, Vossa Majestade terá o transtorno de me desenterrar e me ressuscitar.

– Espero que não – disse a princesa com um sorriso no rosto dócil; e o rapaz ficou feliz como nunca pelo resto da noite.

Ele foi acordado na manhã seguinte com vozes ruidosas, sons de cometas e batidas de tambores. Era tanta euforia que ele nunca antes tinha visto igual em sua vida. Correu para ver o que estava acontecendo e ali, onde uma noite antes estava o monte de barro, havia soldados, criados, senhores e senhoras dançando loucos de alegria pelo fato de o barro ter sido removido.

– Ah, minha pobre raposa – disse para si –, foi trabalho seu.

Bem, houve uma pequena demora para o seu retorno. O rei estava preparando uma grande comitiva para acompanhar o jovem e a princesa, mas ele não o deixaria tomar esse problema para si.

– Tenho uma amiga – disse –, que nos levará ao palácio do Rei de Morõco em um dia, num voo adiante com ela!

Houve um grande queixume quando ela estava se despedindo do pai.

– Ah! – disse o rei –, que vida solitária terei

agora! Seu infeliz irmão, pelo poder de uma bruxa malvada, continua longe de nós, e agora você é levada de mim em minha velhice!

Bem, eles foram andando pela floresta, ele disse a ela o quanto a amava; a raposa saltou de trás de uns arbustos e, em um minuto, o rapaz e a princesa estavam já montados em sua cauda. Ampararam-se firmes um no outro com medo de escorregar e foram avante como um raio. Ultrapassaram o vento diante deles e, à noite, chegaram à grande estrebaria do castelo do Rei de Morõco.

– Bem – disse ele para o rapaz –, você cumpriu bem o seu dever; leve contigo a égua baia. Daria um curral cheio de éguas assim, se eu as tivesse, por essa encantadora princesa. Vá em sua égua, e aqui está uma boa soma de guinéus para a viagem.

– Obrigado – disse o rapaz. – Eu acredito que deixará que eu me despeça da princesa antes de partir.

– Sim, certamente, e com satisfação!

Bem, ele tinha um breve tempo para a despedida. Aproveitou para apanhá-la e acomodá-la na garupa, e o tempo que você gasta para contar até três foi o quanto bastou para ele, a princesa e a égua passarem pelos guardas e já avançarem cem perches.[11] Prosseguiram e, na manhã seguinte, estavam na floresta perto do palácio do rei da Espanha. Ali estava a raposa diante deles:

– Deixe sua princesa aqui comigo – disse ela –, e vá apanhar o pássaro de ouro e as três maçãs.

---

[11] Medida de comprimento equivalente a 5.029 metros. (N. do T.)

Quando o rei da Espanha viu o rapaz e a égua no estábulo, fez vir o pássaro de ouro, a gaiola de ouro, as maçãs de ouro e entregou tudo a ele, muito agradecido e muito feliz com seu troféu. Mas o rapaz não podia se apartar do belo animal sem afagá-lo e acariciá-lo; e, quando ninguém esperava semelhante ato, montou no animal, passou pelos guardas, e já estava cem perches longe. Não demorou muito para chegar ao lugar onde a princesa e a raposa o esperavam.

Voaram avante, até que estivessem salvos do rei da Espanha. A partir de então, foram mais tranquilos; e se eu fosse dizer-lhe todas as palavras de amor que disseram um ao outro no caminho, esta história não terminaria até amanhã. Quando passaram pela vila da casa de dança, encontraram os dois irmãos do rapaz transformados em pedintes e os levaram consigo. Alcançaram o lugar onde a raposa aparecera pela primeira vez e, ali, ela pediu ao rapaz que lhe cortasse a cabeça e a cauda. Ele próprio não conseguia fazê-lo: tremia ante esse pensamento, mas o irmão mais velho estava bem-disposto a fazê-lo. A cabeça e a cauda da raposa desapareceram com os golpes, e o corpo transformou-se no mais belo jovem que você já pôde ver. Ele era nada menos que o irmão da princesa que tinha sido encantado. Se antes era imensa a alegria deles, agora tornara-se duas vezes maior e, quando chegaram ao palácio, uma fogueira estrepitosa foi acesa, bois foram assados e muitos barris de vinho foram trazidos. O jovem príncipe da Grécia casou-se com a filha do rei, e a irmã dele com o filho do jardineiro. Ele e ela fizeram o caminho mais curto para a casa do pai da princesa, foram acompanhados de muitos servidores, e o rei estava tão feliz com seu pássaro de ouro e com as maçãs de ouro, que enviou um carro cheio de ouro e outro cheio de prata junto com eles.

♛